Patrick Modiano

Ein so junger Hund

aufbau

Patrick Modiano, 1945 im Pariser Vorort Boulogne-Billancourt geboren, hat einmal von sich gesagt: »Ich war siebzehn, und es blieb mir nichts anderes übrig, als ein französischer Schriftsteller zu werden.« Diesem verwegenen Ausspruch ist er nichts schuldig geblieben. Mit 21 Jahren hat er sein erstes Buch vorgelegt, dem an die dreißig weitere sowie zahlreiche Auszeichnungen wie der Prix Goncourt, der Preis der Académie Française, der Österreichische Staatspreis für Europäische Literatur und nun die größte Ehrung, der Literaturnobelpreis, folgten.

Etwas an diesem Frühling erinnert ihn an die Begegnung mit Francis Jansen, dem Fotografen mit der Rolleiflex, im Paris des Jahres 1964. Damals machte sich der Erzähler, in den Augen des Fotografen nicht mehr als ein »junger Hund«, daran, Jansens Bilder zu katalogisieren, drei Koffer voller Fotos, dem Vergessen überlassen. Bald darauf verschwindet Jansen, und dreißig Jahre später ist von dieser flüchtigen Begegnung nichts weiter geblieben als die Liste der Fotos und ein hauchfeines, ungreifbares Gewebe der Erinnerungen.

Wie immer geht es Patrick Modiano um Menschen auf der Suche nach ihren Wurzeln, ihrer Identität. Und wie immer stoßen sie dabei auf seltsame Übereinstimmungen. Unverwechselbar ist die Atmosphäre der leisen Schwermut, in der Schwebe bleibt so manche Äußerung. Allein der Augenblick ist konkret, und der wird in eindringlichen, schönen Bildern festgehalten.

Patrick Modiano

Ein so junger Hund

Roman

Aus dem Französischen
von Jörg Aufenanger

aufbau

Die Originalausgabe mit dem Titel
Chien de printemps
erschien 1993 bei Éditions du Seuil, Paris

MIX
Papier aus verantwortungsvollen Quellen
FSC® C083411

ISBN 978-3-351-03609-6

Aufbau ist eine Marke der Aufbau Verlag GmbH & Co. KG

1. Auflage 2014

Bei Aufbau erstmals 2002 erschienen

Einbandgestaltung Zero Werbeagentur, München
unter Verwendung eines Fotos von gettyimages/© Robert DOISNEAU
Druck und Binden CPI – Clausen & Bosse, Leck
Printed in Germany

www.aufbau-verlag.de

für Dominique

Glockengeläut, hängende Arme, man kommt nicht bis hierher,
Glockengeläut, offene Türen, Tollsucht zu verschwinden.
Alle Hunde langweil'n sich,
Ist der Herr gegangen.

Paul Eluard

Ich habe Francis Jansen kennengelernt, als ich neunzehn Jahre alt war. Es war im Frühling des Jahres 1964, und ich will heute die wenigen Dinge erzählen, die ich von ihm weiß.

Es war früh am Morgen in einem Café an der Place Denfert-Rochereau. Ich befand mich in Begleitung einer Freundin meines Alters, und Jansen saß an einem Tisch gegenüber. Er beobachtete uns und lächelte dabei. Dann hat er aus einer Tasche, die neben ihm auf der Sitzbank aus Kunstleder abgelegt war, eine Rolleiflex geholt. Ich habe kaum wahrgenommen, daß er das Objektiv auf uns gerichtet hat, so schnell und lässig zugleich waren seine Gesten. Er benutzte also eine Rolleiflex, aber ich wäre außerstande zu sagen, welches Papier und welche Methoden zur Entwicklung er verwendete, um jenes Licht zu gewinnen, in das jedes seiner Fotos getaucht war.

Ich erinnere mich, ihn an jenem Morgen aus Höflichkeit gefragt zu haben, welchen Fotoapparat er für den besten halte. Er hatte mit den Schultern gezuckt und mir gestanden, daß er letztendlich die Apparate aus schwarzem Plastik bevorzuge, die man in Spielzeuggeschäften kauft und die einen Wasserstrahl spritzen, wenn man auf den Auslöser drückt.

Er hatte uns einen Kaffee ausgegeben und vorgeschlagen, meine Freundin und mich noch einmal, nun aber draußen auf der Straße, zu fotografieren. Eine amerikanische Illustrierte habe ihn beauftragt, eine Reportage über die Jugend von Paris zu bebildern, und er habe uns beide dafür ausgewählt: Das sei das Einfachste und gehe schnell, und selbst wenn die drüben in Amerika nicht zufrieden seien, wäre das ohne Bedeutung. Er wollte diese Brotarbeit schnell hinter sich bringen. Als wir das Café verließen, liefen wir unter der Sonne her, und ich hörte ihn mit seinem leichten Akzent sagen:

»Ein so junger Hund.«

Ein Ausspruch, den er oft wiederholen sollte in jener Jahreszeit.

Er setzte uns auf eine Bank, und dann plazierte er uns in der Avenue Denfert-Rochereau vor einer Mauer, der von einer Reihe Bäumen Schatten gespendet wurde. Ich habe eins dieser Fotos behalten. Wir sitzen auf der Bank, meine Freundin und ich. Ich habe den Eindruck, das sind andere Personen als wir, wegen all der Zeit, die verflossen ist, oder gar wegen etwas, was Jansen durch sein Objektiv gesehen hat und was wir selbst damals nicht hätten sehen können, wenn wir uns vor einen Spiegel gestellt hätten: zwei junge Menschen, anonym und verloren in Paris.

*

Wir haben ihn in sein Atelier begleitet, das ganz in der Nähe, in der Rue Froidevaux, gelegen war. Ich spürte, daß er es scheute, allein zu sein.

Das Atelier befand sich im Erdgeschoß des Hauses, und man betrat es durch eine Tür direkt von der Straße aus. Ein geräumiges Zimmer mit weißen Wänden, an dessen Ende eine kleine Treppe zu einem Mezzanin führte. Ein Bett füllte die ganze Fläche des Mezzanins aus. Das Zimmer war nur mit einem grauen Canapé und zwei Sesseln gleicher Farbe möbliert. Neben dem gemauerten Kamin stapelten sich drei Koffer aus kastanienbraunem Leder. An den Wänden nichts. Nur zwei Fotos. Das größere zeigte eine Frau, eine gewisse Colette Laurent, wie ich später erfahren sollte. Auf dem anderen zwei Männer, der eine war Jansen in jungen Jahren. Sie saßen nebeneinander in einer geborstenen Badewanne inmitten von Ruinen. Trotz meiner Schüchternheit hatte ich mich nicht zurückhalten können, Jansen danach zu fragen. Er hatte mir geantwortet, das seien er und sein Freund Robert Capa im August 1945 in Berlin.

Vor unserer Begegnung war mir der Name Jansen unbekannt gewesen. Aber ich wußte, wer Robert Capa war, denn ich hatte seine Fotos aus dem Spanischen Bürgerkrieg gesehen, und ich hatte einen Artikel über seinen Tod in Indochina gelesen.

Die Jahre sind vergangen. Sie haben das Bild von Capa und Jansen nicht verwischt, sie haben den gegenteiligen Effekt gehabt: Dieses Bild ist in meinem Gedächtnis viel deutlicher, als es in jenem Frühjahr war.

Auf dem Foto erschien mir Jansen wie ein Doppelgänger Capas oder vielmehr wie der kleine Bruder, den dieser unter seine Fittiche genommen hat. Sosehr Capa mit seinem tief dunklen Haar, seinen schwarzen Augen und der Zigarette, die in seinem Mundwinkel hing, Beherztheit und Lebensfreude ausstrahlte, sosehr schien Jansen, blond, mager, heller Blick, mit seinem schüchternen und melancholischen Lächeln, sich nicht recht wohl zu fühlen in seiner Haut. Capa hatte einen Arm um Jansens Schulter gelegt, und die Geste war nicht allein freundschaftlich. Man hätte sagen können, er stütze ihn.

Wir haben uns in den Sesseln niedergelassen, und Jansen hat uns einen Whisky angeboten. Er ist nach hinten gegangen, hat eine Tür geöffnet, die zur ehemaligen Küche führte, die er in eine Dunkelkammer verwandelt hatte. Dann ist er zu uns zurückgekommen.

»Es tut mir leid, aber es ist kein Whisky mehr da.«

Er saß ein wenig ungelenk am Rand des Canapés, die Beine übereinandergeschlagen, als sei er selbst auf Besuch. Wir brachen das Schweigen nicht, meine Freundin und ich. Das Zimmer war sehr hell mit seinen weißen Wänden. Die beiden Sessel und das Canapé standen weit auseinander, was den Eindruck von Leere erzeugte. Man hätte meinen können, Jansen wohne hier schon nicht mehr. Die drei Koffer, deren Leder die Sonnenstrahlen reflektierte, suggerierten einen baldigen Aufbruch.

»Wenn es Sie interessiert«, sagte er, »werde ich Ihnen die Fotos zeigen, sobald sie entwickelt sind.«

Ich hatte seine Telefonnummer auf eine Zigarettenpackung geschrieben. Im übrigen stehe er im Telefonbuch, hatte er uns präzisiert. Jansen, 9 Rue Froidevaux, Danton 75–21.

Man könnte meinen, unser Gedächtnis kenne zuweilen das, was dem Entwicklungsvorgang des Polaroidfotos ähnelt. Fast dreißig Jahre lang habe ich kaum an Jansen gedacht. Unsere Begegnungen haben in einem äußerst kurzen Zeitraum stattgefunden. Er hat Frankreich im Juni 1964 verlassen, ich schreibe diese Zeilen im April 1992. Ich habe nie mehr etwas von ihm gehört, und ich weiß nicht, ob er lebt oder tot ist. Die Erinnerung an ihn war in eine Art Winterschlaf gefallen, und plötzlich nun taucht sie zu Beginn dieses Frühjahrs 1992 wieder auf. Ist es, weil ich das Foto von meiner Freundin und mir wiedergefunden habe, auf dessen Rückseite ein Stempel mit blauen Lettern angibt: *Foto Jansen. Nachdruck verboten*? Oder aus dem einfachen Grund, daß die Frühlinge sich gleichen?

Heute war die Luft leicht, die Knospen waren aufgesprungen an den Bäumen des Jardin de l'Observatoire, und der April 1992 verschmolz wie in einer Doppelbelichtung mit dem April 1964 und mit anderen

Aprilmonaten, die kommen würden. Die Erinnerung an Jansen hat mich an diesem Nachmittag verfolgt und wird mich für immer verfolgen: Jansen bleibt einer, den ich kaum Zeit hatte kennenzulernen.

Wer weiß? Irgendeiner, und das werde nicht ich sein, wird ein Buch über ihn schreiben, illustriert mit Fotos, die dieser finden wird. Eine Bibliothek im Taschenbuchformat mit schwarzem Einband ist berühmten Fotografen gewidmet. Warum ist er nicht unter ihnen? Er ist es wert. So warte ich ab, ob diese Seiten ihn dem Vergessen entreißen, und darüber wäre ich sehr glücklich. Es ist ein Vergessen, das er vorsätzlich gesucht hat, an dem er selbst schuld ist.

Es scheint mir notwendig zu sein, hier einige biographische Angaben, die ich zusammengestellt habe, anzuführen: Geboren ist er 1920 in Antwerpen. Seinen Vater hat er kaum gekannt. Seine Mutter und er besaßen die italienische Staatsbürgerschaft. Nach einigen Studienjahren in Brüssel verließ er 1938 Belgien und ging nach Paris. Dort arbeitete er als Assistent einiger Fotografen, und er machte die Bekanntschaft von Robert Capa. Der nahm ihn im Januar 1939 mit nach Barcelona und Figueras, von wo aus sie den Exodus der Spanienflüchtlinge zur französischen Grenze mitmachten. Im Juli des gleichen Jahres folgte er mit Capa der Tour de France. Als der Krieg erklärt wurde, schlug Capa ihm vor, in die USA zu gehen, und besorgte zwei Visa. Im letzten Moment entschloß sich Jansen, in Frankreich zu bleiben. Die ersten beiden Jahre der deutschen Besatzung verbrachte er in Paris. Dank eines italienischen Journalisten konnte er als Fotograf für das Magazin *Tempo* arbeiten. Das verhinderte aber nicht, daß er während einer Razzia festgenommen und als Jude im Durchgangslager Drancy interniert wurde. Er blieb dort bis zu dem Tag, an dem es dem italienischen Konsulat gelang, die aus Italien stammenden Insassen freizubekommen. Dann zog er sich in die Savoyer Alpen zurück und wartete dort auf das Ende des Krieges. Wieder in Paris, traf er erneut auf Capa und begleitete ihn nach Berlin. In den Folgejahren arbeitete er für die Agentur Magnum. Nach Capas Tod und dem Colette Laurents – der Freundin, deren Portrait ich an der Wand des Ateliers gesehen hatte – zog er sich mehr und mehr in sich zurück.

Ich empfinde eine gewisse Scheu, diese Details zu nennen, und ich stelle mir Jansens Verlegenheit vor, wenn er dies schwarz auf weiß notiert sähe. Er war ein Mann, der wenig sprach. Und er wird alles getan haben, damit man ihn vergesse, bis hin zu seinem Verschwinden nach Mexiko im Juni 1964, von wo er kein Lebenszeichen mehr gegeben hat. Oft sagte er mir: »Wenn ich da unten angekommen bin, schicke ich eine Postkarte, um Ihnen meine Adresse mitzuteilen.« Ich habe vergeblich auf sie gewartet. Ich glaube nicht, daß er eines Tages auf diese

Zeilen stößt. Wenn das aber passieren sollte, werde ich eine Postkarte aus Cuernavaca oder woanders her erhalten, auf der nur wenige Wörter zu lesen sind:

»Verhalten Sie sich ruhig.«

Nein, ich werde nichts erhalten. Es reicht mir, eins seiner Fotos anzuschauen, um die Fähigkeit wahrzunehmen, die seine Kunst und sein Leben ausmacht, und die so kostbar, aber so schwer zu erlangen ist: im Schweigen zu verharren. Eines Nachmittags hatte ich ihn besucht, und er gab mir das Foto von meiner Freundin und mir auf der Bank. Er hatte mich gefragt, was ich späterhin vorhabe, und ich hatte ihm geantwortet:

»Schreiben.«

Schreiben schien ihm die »Quadratur des Kreises« zu sein – ja das ist genau der Ausdruck, den er dafür fand. In der Tat, man schreibt mit Wörtern, und er, er suchte das Schweigen. Eine Fotografie kann das Schweigen ausdrücken. Aber Worte? Was ihn interessiert hätte: es hinzubekommen, mit Wörtern Schweigen zu kreieren. Er platzte lachend heraus:

»Also Sie versuchen das? Ich rechne mit Ihnen. Vor allem aber eins, das darf Sie nicht hindern zu schlafen …«

Von allen Satzzeichen, so sagte er mir, bevorzuge er das Fragezeichen.

Ich hatte ihn zu den Fotos befragt, die er seit fast fünfundzwanzig Jahren machte. Er hatte auf die drei Lederkoffer gezeigt, die übereinander lagen.

»Ich habe alles da hineingetan ... Wenn es Sie interessiert ...«

Er war aufgestanden und hatte ganz lässig den obersten Koffer geöffnet. Dieser quoll über, und einige Fotos fielen heraus. Er hob sie nicht einmal wieder auf. Er durchwühlte das Innere des Koffers, und immer mehr Fotos fielen heraus, bedeckten den Boden. Schließlich hatte er ein Buch gefunden und hielt es mir hin.

»Hier ... das habe ich gemacht, als ich etwa so alt war wie Sie ... Es wird das einzige Exemplar sein, das es auf der Welt noch gibt ... Ich gebe es Ihnen ...«

Es handelte sich um *Schnee und Sonne*, erschienen 1946 in der Schweiz, im Verlag »La Colombière«, Genf.

Ich hatte die Fotos, die auf dem Boden verstreut waren, aufgehoben und zurück in den Koffer gelegt. Ich hatte ihm gesagt, daß es doch schade wäre, alles so durcheinander zu lassen, und daß man den Inhalt des Koffers ordnen und auflisten müßte. Er sah mich überrascht an.

»Sie werden dafür keine Zeit mehr haben ... ich gehe nächsten Monat nach Mexiko.«

Ich konnte ja versuchen, die Aufgabe so gut es ging zu übernehmen. Ich hatte den ganzen Tag nichts anderes zu tun, denn mein Studium hatte ich aufgegeben und durch den Verkauf von Möbeln, Bildern, Teppichen und Büchern aus einer verlassenen Wohnung ein wenig Geld verdient. Ein Jahr lang würde ich davon leben können.

Ich werde nie wissen, was Jansen von meiner Initiative gehalten hat. Ich glaube, sie ließ ihn gleichgültig. Aber er hat mir einen Zweitschlüssel zum Atelier anvertraut, damit ich diese Arbeit fortsetzen konnte, wenn er nicht da war. Oft war ich allein in diesem großen Zimmer mit den weißen Wänden. Und jedesmal wenn er nach Hause zurückkam, wirkte er erstaunt, mich zu sehen. Eines Abends, als ich die Fotos sortierte, setzte er sich auf das Canapé und beobachtete mich, ohne ein Wort zu sagen. Schließlich fragte er mich:

»Warum tun Sie das?«

An diesem Abend schien er plötzlich durch mein Vorhaben beunruhigt zu sein. Ich antwortete, daß die Fotos von dokumentarischem Interesse seien, da sie doch von

Menschen und Dingen zeugten, die verschwunden waren. Er zuckte mit den Schultern.

»Ich ertrage es nicht mehr, sie zu sehen ...«

Er hatte einen bedeutsamen Ton angeschlagen, den ich nicht an ihm kannte.

»Verstehen Sie, mein Kleiner, es ist so, als würde jedes Foto in mir Gewissensbisse auslösen ... Es ist besser, reinen Tisch zu machen ...«

Wenn er solche französischen Ausdrücke wie »la quadrature du cercle« oder »table rase« benutzte, verstärkte sich sein Akzent.

Er war vierundvierzig Jahre alt zu jener Zeit, und heute verstehe ich seine Einstellung besser. Er wollte »all das« vergessen, wollte von einer Amnesie befallen sein ... Aber das war nicht immer so gewesen. Denn auf die Rückseite eines jeden Fotos hatte er eine detaillierte Legende notiert, die das Datum angab, an dem er das Foto gemacht hatte, den Ort und den Namen dessen, der darauf zu sehen war, und bisweilen hatte er noch Kommentare dazu geschrieben. Ich fragte ihn danach.

»Ich muß mal genauso verrückt gewesen sein wie Sie ... Aber ich habe mich geändert, seitdem ...«

Das Telefon hatte geklingelt, und er hatte den üblichen Satz gesagt:

»Sagen Sie ihnen, ich sei nicht da.«

Eine Frauenstimme. Sie hatte schon mehrmals angerufen. Eine gewisse Nicole.

Es war immer ich, der ans Telefon ging. Jansen wollte nicht einmal den Namen der Person wissen, die angerufen hatte. Und ich stellte mir vor, wie er da saß, allein, am Rand des Canapés und dem Klingeln lauschte, das sich in der Stille wiederholte.

Gelegentlich klingelte es an der Tür. Jansen hatte mich gebeten, niemals zu öffnen, denn »die Leute« – er gebrauchte diesen vagen Ausdruck – würden womöglich hereinkommen und im Atelier auf ihn warten. Jedesmal wenn es klingelte, verbarg ich mich hinter dem Canapé, damit man mich nicht sehen konnte durch die verglaste Wand, die auf die Straße ging. Plötzlich fühlte ich mich wie jemand, der in das Atelier eingebrochen war, und ich fürchtete, daß die, die klingelten, irgend etwas Verdächtiges bemerken und das nahe Polizeirevier alarmieren könnten.

Das »letzte Karree« – wie er es nannte – ließ ihn wieder einmal nicht in Ruhe. Und in der Tat handelte es sich, wie ich festgestellt hatte, immer um dieselben Personen. Diese Nicole, dann »die Meyendorffs«, wie Jansen sie nannte: Der Mann oder die Frau baten darum, daß Jansen sie »dringend zurückruft«. Ich notierte die Namen auf einen Zettel und übergab ihm die Nachrichten, obwohl sie ihn völlig gleichgültig ließen. Ich habe unter anderen Erinnerungsstücken einen dieser Zettel wiedergefunden, auf dem die Namen Nicole, Meyendorff und zweier anderer Personen notiert waren, die oft anriefen: Jacques Besse und Eugène Deckers.

Jansen benutzte den Ausdruck »das letzte Karree«, weil sich das Netz seiner Beziehungen in den vorangegangenen Jahren immer mehr ausgedünnt hatte. Schließlich habe ich verstanden, daß der Tod Robert Capas und der Colette Laurents, kurz darauf, einen Bruch in seinem Leben verursacht hatten.

Von Colette Laurent wußte ich nicht viel. Sie war auf zahlreichen Fotos, die Jansen gemacht hatte, zu sehen. Er aber erwähnte sie nur mit halben Worten.

Zwanzig Jahre später habe ich erfahren, daß diese Frau in meiner Kindheit schon meinen Weg gekreuzt hat und daß auch ich über sie mit Jansen hätte sprechen können. Aber ich hatte sie auf den Fotos nicht erkannt. Es war von ihr nur ein flüchtiger Eindruck geblieben, der eines Parfums, kastanienbrauner Haare und einer sanften Stimme, die mich gefragt hatte, ob ich gut in der Schule sei. Es ist nun einmal so, daß gewisse Koinzidenzen von uns leicht übersehen werden. Bestimmte Personen sind in unserem Leben mehrfach aufgetaucht, und wir ahnen nicht einmal etwas davon.

In einem Frühling, der noch weiter zurückliegt als der, in dem ich Jansen kennengelernt habe, ging ich, der etwa zehn Jahre alt war, mit meiner Mutter durch Paris, als wir an der Ecke Rue Saint-Guillaume und Boulevard Saint-Germain eine Frau trafen. Wir gehen ein Stück zusammen, und meine Mutter und sie sprechen miteinander. Ihre Worte haben sich in den Tiefen der Vergangenheit verloren, aber ich erinnere mich an einen sonnenbeschienenen Bürgersteig und an ihren Vornamen: Colette. Später hatte ich gehört, daß sie unter ungeklärten Umständen auf einer Reise ins Ausland gestorben sei, und das hatte mich getroffen. Ich mußte viele Jahre warten, bis eine Verbindung zwischen zwei Momenten meines Lebens auftauchte: diesen Nachmittag an der Ecke der Rue Saint-Guillaume und meinen Besuchen in Jansens Atelier in der Rue Froidevaux. Eine halbe Stunde Wegs von einem Punkt zum anderen, aber eine so große Distanz zwischen den Zeiten ... Und das Band war Colette Laurent, von der ich fast nichts weiß, außer daß sie Jansen viel bedeutete und daß sie ein chaotisches Leben führte. Sie war sehr jung nach Paris gekommen, aus einer entfernten Provinz.

Vorhin versuchte ich mir ihren ersten Tag in Paris vorzustellen, und ich hatte die Gewißheit, daß es ein Tag war, der dem heutigen ähnelte, an dem Aufheiterungen und Aprilschauer einander abwechseln. Wind vom Atlantik schüttelt die Äste der Bäume und stülpt die Regenschirme um. Die Passanten suchen Schutz in den Hauseingängen. Man hört die Schreie der Möwen. Entlang des Quai d'Austerlitz schillert die Sonne auf den nassen Bürgersteigen und den Gittern des Jardin des Plantes. Sie läuft zum ersten Mal durch die frischgewaschene Stadt, auf der so viele Hoffnungen ruhen. Sie war gerade am Gare de Lyon angekommen.

*

Noch eine Erinnerung an Colette Laurent, die in meine Kindheit zurückreicht. Meine Eltern mieteten im Sommer einen winzigen Bungalow in Deauville, nahe der Avenue de la République. Colette Laurent war eines Abends überraschend zu uns gekommen. Sie schien sehr müde zu sein. Sie hatte sich in den kleinen Salon eingeschlossen und zwei Tage ununterbrochen geschlafen. Meine Mutter und ich sprachen ganz leise, um sie nicht zu stören.

An dem Morgen, als sie wieder aufgestanden war, wollte sie mich an den Strand mitnehmen. Ich gehe neben ihr her unter den Arkaden. In Höhe der Buchhandlung »Chez Clément Marot« überqueren wir die Straße. Sie hat ihre Hand auf meine Schulter gelegt. Anstatt geradeaus zum Strand weiterzugehen, zieht sie mich zum Eingang des Hôtel Royal. Vor dem Portal sagt sie zu mir:

»Frag den Monsieur an der Rezeption, ob ein Brief für Colette da ist …«

Ich betrete die Hotelhalle und frage stotternd den Mann an der Rezeption, ob ein »Brief für Colette« da sei. Er scheint nicht erstaunt zu sein über meine Frage, hält mir einen braunen, sehr großen und sehr dicken Umschlag hin, auf dem mit blauer Tinte ihr Name geschrieben steht: Colette.

Ich verlasse das Hotel und gebe ihr den Umschlag. Sie öffnet ihn und schaut hinein. Ich frage mich noch heute, was in ihm gewesen sein mag.

Dann geht sie mit mir zum Strand. Wir lassen uns nahe der Bar du Soleil auf den Liegestühlen nieder. Zu der Uhrzeit ist da niemand, nur wir zwei.

Ich hatte zwei rote Schreibhefte der Marke Clairefontaine gekauft, eins für mich, eins für Jansen, damit die Liste der Fotos in zwei Exemplaren erstellt werden konnte. Ich fürchtete, daß er im Verlauf seiner Reise nach Mexiko die Früchte meiner Arbeit aus Gleichgültigkeit oder Nachlässigkeit verlegen würde. Ich zog es also vor, ein Doppel der Liste zu behalten. Heute löst es in mir eine kuriose Empfindung aus, wenn ich in diesen Seiten blättere: die nämlich, einen detaillierten Katalog imaginärer Fotos zu konsultieren. Was mag aus ihnen geworden sein, wenn man noch nicht einmal sicher ist, was aus ihrem Autor geworden ist? Hat Jansen die drei Koffer mitgenommen oder hat er vor seiner Abfahrt alles vernichtet? Ich hatte ihn gefragt, was er mit den drei Koffern vorhabe, und er hatte mir geantwortet, daß sie ihn belasteten und er auf gar keinen Fall »überflüssiges Gepäck« bei sich haben wolle. Aber er hat mir auch nicht vorgeschlagen, sie bei mir in Paris aufzubewahren. Bestenfalls verkommen sie nun langsam in irgendeinem Vorort von Mexiko-Stadt.

Eines Abends, als ich im Atelier länger als üblich

geblieben war, kam er herein und überraschte mich in dem Moment, als ich gerade all das, was ich schon im ersten Heft notiert hatte, in das zweite übertrug. Er beugte sich über meine Schulter.

»Das ist ja eine gewaltige Arbeit, mein Kleiner ... Ermüdet Sie das nicht?«

Ich spürte einen Hauch von Ironie in seiner Stimme.

»Wenn ich Sie wäre, so würde ich das noch weitertreiben ... Ich würde mich nicht mit zwei Heften begnügen ... Ich würde ein vollständiges Register führen, das in alphabetischer Ordnung die Namen der Personen und Orte auflistet, die auf den Fotos zu sehen sind ...«

Er lächelte. Ich war verwirrt. Ich hatte den Eindruck, er mache sich über mich lustig. Am Tag darauf begann ich, in einem großen Findbuch das Register anzulegen. Ich saß auf dem Canapé zwischen den Stapeln von Fotos, die ich aus den Koffern gezogen hatte, und listete sie eines nach dem anderen in den beiden Heften und dem großen Findbuch auf. Diesmal erstarrte sein Lächeln und er betrachtete verblüfft mein Tun.

»Ich habe einen Scherz gemacht, mein Kleiner ... Und Sie haben mich beim Wort genommen.«

Ich hingegen meinte es ernst. Wenn ich mich in diese Arbeit vertieft hatte, dann darum, weil ich mich weigerte, Personen und Dinge einfach verschwinden zu lassen. Ich wollte, daß sie eine Spur hinterließ. Aber können wir dahin jemals gelangen? Einst hatte Jansen die gleiche Sorge gehabt. Wenn ich die Liste, die ich behalten habe, konsultiere, stelle ich fest, daß eine große Anzahl der Fotos Portraits waren oder Bilder von Paris. Er hatte auf deren Rückseite den Ort notiert, an dem er sie aufgenommen hatte, sonst wäre es mir oft schwergefallen, sie zu lokalisieren. Man sah Treppen, Bürgersteige, Rinnsteine, Bänke, zerrissene Plakate an Mauern und Zäunen. Das war kein Geschmack für das Pittoreske, es war sein ganz persönlicher Blick, ein Blick, an dessen traurigen und bedachten Ausdruck ich mich erinnern kann.

Zwischen den Fotos hatte ich ein liniertes Blatt entdeckt, auf dem Jansen einige Sätze notiert hatte unter der Überschrift »Das natürliche Licht«. Es handelte sich um einen Artikel, mit dem ihn eine Filmzeitschrift beauftragt hatte, denn er hatte Anfang der sechziger Jahre einige junge Filmregisseure beraten und ihnen beigebracht, wie amerikanische Kameraleute während des Kriegs in den Wochenschauen die Scheinwerfer einsetzten. Wieso haben mich diese Notizen in jener Zeit so beeindruckt? Seitdem ist mir klar geworden, wie schwer es ist, das zu finden, was Jansen das »natürliche Licht« nannte.

Er hatte mir erklärt, er habe selbst die Plakate in den Straßen abgerissen, damit diejenigen erschienen, die die neueren überdeckt hatten. Er riß ihre Fetzen Schicht für Schicht ab und fotografierte sie jeweils mit äußerster Sorgfalt bis hin zu jenen Überbleibseln, die auf dem Stein oder dem Holz noch kleben blieben.

Ich hatte die Fotos in chronologischer Reihenfolge nummeriert:

325. *Bretterzaun in der Rue des Envierges*
326. *Mauer in der Rue Gasnier-Guy*
327. *Treppe in der Rue Lauzin*
328. *Passerelle de la Mare*
329. *Autowerkstatt in der Rue Janssen*
330. *Standort der Alten Zeder an der Ecke Rue Alphonse-Daudet / Rue Leneveux*
331. *Die abschüssige Rue Westermann*
332. *Colette. Rue de l'Aude*

Ich hatte eine Liste aufgestellt mit den Namen der Personen, von denen Jansen Portraits gemacht hatte. Er hatte sie auf der Straße angesprochen, in Cafés oder bei einem Spaziergang.

Mein Spaziergang heute hat mich bis zur Orangerie des Jardin du Luxembourg geführt. Ich durchquerte die Schattenzone unter den Kastanienbäumen in Richtung Tennisplatz. Ich machte am Bouleplatz halt. Einige Männer spielten eine Partie, und meine Aufmerksamkeit wurde angezogen von dem Größten unter ihnen, der ein weißes Hemd trug. Ein Foto Jansens kam mir in den Sinn, auf dessen Rückseite folgende Notiz, die ich in das Heft eingetragen hatte, zu lesen war: *Michel L. Quai de Passy. Undatiert*. Ein junger Mann in weißem Hemd lehnte an einem marmornen Kamin in einem zu gewollten Licht.

Jansen konnte sich gut an die Umstände erinnern, in denen das Foto entstanden war. Er hatte keinen Sou mehr, und Robert Capa, der alle möglichen Leute kannte, hatte ihm eine gut bezahlte und leichte Arbeit besorgt. Er mußte zu einer Amerikanerin am Quai de Passy gehen mit allen notwendigen Utensilien, um Studiofotos zu machen.

Jansen war erstaunt gewesen über den Luxus, die Weiträumigkeit der Wohnung, und über die Terrasse. Die Amerikanerin war eine etwa fünfzigjährige Frau von einer noch blendenden Schönheit, die die Mutter des jungen Franzosen hätte sein können, der ihr Gesellschaft leistete. Ihn sollte Jansen fotografieren. Die Amerikanerin wünschte mehrere Portraits dieses »Michel L.« im Stil der Hollywoodfotos. Jansen hatte die Scheinwerfer installiert, so als ob er vertraut wäre mit dieser Art von Arbeit. Sechs Monate konnte er von dem Geld leben, das er mit den Fotos des »Michel L.« verdient hatte.

Je mehr ich den Mann beobachtete, der dabei war, die Boulekugel zu plazieren, um so sicherer glaubte ich, in ihm diesen »Michel L.« wiederzuerkennen. Was mich an dem Foto so gefesselt hatte, waren die Augen, die an der Oberfläche der Haut zu liegen schienen und zu den Schläfen hinstrebten, was diesem »Michel L.« einen seltsamen Blick wie aus Facettenaugen gab und vermuten ließ, daß sein Gesichtsfeld größer als normal sei. Und dieser Mann da vor mir hatte die gleichen zu den Schläfen strebenden Augen und die gleiche Silhouette wie jener »Michel L.«. Das weiße Hemd hob die Ähnlichkeit noch hervor, trotz der grauen Haare und seines aufgedunsenen Gesichts.

Das Bouleterrain ist umgeben von einem niedrigen Gitter, und ich wagte nicht, diese Grenze zu überschreiten und die Partie zu stören. Es lag ein Abstand von mehr als vierzig Jahren zwischen dem »Michel L.«, der sich von Jansen hatte ftografieren lassen, und dem Boulespieler von heute.

Er hat sich dem Gitter genähert, während einer seiner Mitspieler die Kugel warf. Er drehte mir den Rücken zu.

»Pardon, Monsieur …«

Meine Stimme war so zaghaft, daß er mich nicht gehört hat.

»Pardon, Monsieur, ich hätte gern eine Auskunft von Ihnen …«

Dieses Mal hatte ich lauter gesprochen und die einzelnen Silben deutlich artikuliert. Er hat sich umgedreht, und ich habe mich direkt vor ihn gestellt.

»Haben Sie den Fotografen Francis Jansen gekannt?«

Seine Augen schienen irgend etwas in der Ferne zu fixieren.

»Wie meinen Sie?«

»Ich würde gern wissen, ob Sie sich vor langer Zeit mal

von dem Fotografen Francis Jansen haben protraitieren lassen?«

Aber etwas weiter entfernt entbrannte ein Disput unter den anderen. Einer von ihnen kam auf uns zu:

»Lemoine … du bist dran …«

Jetzt hatte ich den Eindruck, er schaue beiseite und sehe mich nicht mehr. Und doch hat er zu mir gesagt:

»Entschuldigen Sie … Ich muß punkten …«

Er begab sich in Position und warf seine Boulekugel. Die anderen jubelten ihm zu. Sie umringten ihn. Ich verstand die Regeln des Spiels nicht, aber ich glaube, er hatte die Partie gewonnen. Jedenfalls hatte er mich völlig vergessen.

Heute bedaure ich, nicht einige Fotos aus den Koffern an mich genommen zu haben. Jansen hätte es nicht einmal gemerkt. Im übrigen bin ich sicher, wenn ich ihn darum gebeten hätte, mir die zu schenken, die mich interessierten, er hätte es getan.

Und dann ist es ja so, daß man im Moment selbst nie daran denkt, Fragen zu stellen, die eine Vertraulichkeit herausfordern. So habe ich diskreterweise vermieden, ihn auf Colette Laurent anzusprechen. Auch das bedaure ich.

Das einzige Foto, das ich behalten habe, ist nämlich ein Foto von ihr. Ich war mir damals noch nicht klar darüber, daß ich sie mehr als zehn Jahre zuvor gekannt hatte, aber ihr Gesicht muß mich doch an etwas erinnert haben.

Das Foto trägt auf der Rückseite die Anmerkung: *Colette. 12, Hameau du Danube.* Wenn die Tage länger werden, bis zehn Uhr abends wegen der Sommerzeit, und wenn der Autolärm verstummt, habe ich die Illusion, es genüge mir, in die entlegenen Viertel zurückzukehren, um die Orte wiederzufinden, die ich verloren habe, die aber an Ort und Stelle sind: Hameau du Danube, Poterne des Peupliers oder die Rue du Bois-des-Caures. Sie lehnt mit dem Rücken am Eingang eines Pavillons, die Hände in den Taschen ihres Regenmantels. Jedesmal wenn ich das Foto anschaue, empfinde ich einen Schmerz. Am Morgen versucht man, sich an die Träume der Nacht zu erinnern, und es bleiben nur Fetzen, die man aufsammeln will, die sich aber verflüchtigen. Ich, ich habe diese Frau in einem anderen Leben gekannt, und ich biete alles auf, mich daran zu erinnern. Eines Tages wird es mir vielleicht gelingen, diese Schicht aus Stille und Vergessen zu durchbrechen.

Jansen hielt sich immer seltener in seinem Atelier auf. Gegen sieben Uhr abends rief er mich an:

»Hallo … Skribent?«

Er hatte mir diesen Namen gegeben. Er fragte mich, ob jemand angerufen habe, ob er in Ruhe nach Hause kommen könne, ohne über unangemeldeten Besuch zu stolpern. Ich beruhigte ihn. Nur ein Anruf der Meyendorffs am frühen Nachmittag. Nein, keine Neuigkeiten von Nicole.

»Also ich komme dann. Bis gleich, Skribent.«

Zuweilen rief er eine halbe Stunde später noch einmal an.

»Sind Sie sicher, daß Nicole nicht in der Nähe ist? Ich kann wirklich nach Hause kommen?«

Ich unterbrach meine Arbeit und wartete noch eine Zeitlang. Aber er kam nicht. Dann verließ ich das Atelier. Ich folgte der Rue Froidevaux entlang dem Friedhof. In jenem Monat hatten die Bäume ihre Blätter wiedergefunden, und ich fürchtete, Nicole könnte sich hinter einem der Bäume verstecken, um Jansen abzupassen. Wenn sie mich sähe, würde sie auf mich zukommen und fragen, wo er sei. Sie könnte sich auch an einer Ecke der vielen kleinen Straßen linker Hand versteckt halten und mir mit Abstand folgen in der Hoffnung, mein Weg führe zu ihm. Ich ging schnellen Schritts und drehte mich verstohlen um. Zu Beginn hielt ich, nach allem, was Jansen mir erzählt hatte, Nicole für eine Gefahr.

Eines Nachmittags hat sie an der Tür des Ateliers geklingelt, als Jansen nicht zugegen war, und ich habe plötzlich beschlossen, ihr zu öffnen. Es war mir unangenehm, ihr am Telefon immer sagen zu müssen, daß Jansen nicht da sei.

Als sie mich im Türrahmen sah, ist ein Ausdruck beunruhigter Verwunderung über ihr Gesicht gehuscht. Vielleicht hat sie einen Moment lang gemeint, Jansen wäre einfach abgereist, und ein neuer Mieter bewohne nun das Atelier.

Ich habe sie sofort beruhigt. Ja, ich sei es gewesen, der ihr am Telefon geantwortet habe. Ja, ich sei ein Freund von Francis.

Ich habe sie hereingebeten, und wir haben uns beide hingesetzt, sie auf das Canapé, ich auf einen der Sessel. Sie war auf die beiden Hefte aufmerksam geworden, das große Findbuch, die geöffneten Koffer und die Stapel von Fotos. Sie hat mich gefragt, ob ich für Francis arbeite.

»Ich versuche, einen Katalog aller Fotos, die er gemacht hat, zu erstellen.«

Sie nickte bedeutungsvoll.

»Ja ja … Sie haben recht … Das ist sehr gut …«

Es gab einen Moment der Verlegenheit zwischen uns. Dann hat sie das Schweigen gebrochen:

»Wissen Sie nicht, wo er ist?«

Sie sagte es in einem Ton, der zugleich schüchtern und überstürzt war.

»Nein … Er kommt immer seltener hierher …«

Sie holte ein Zigarettenetui aus ihrer Handtasche, das sie öffnete und wieder schloß. Sie schaute mir geradewegs in die Augen:

»Können Sie nicht ein Wort für mich einlegen und ihn bitten, mir ein letztes Treffen zu gewähren?«

Sie lachte kurz auf.

»Kennen Sie ihn schon lange?« habe ich sie gefragt.

»Sechs Monate.«

Ich hätte gern mehr erfahren. Hatte sie mit Jansen zusammengelebt?

Sie warf neugierige Blicke um sich, als ob sie seit einer Ewigkeit nicht mehr hier gewesen wäre und die Veränderungen feststellen wollte. Sie dürfte etwa fünfundzwanzig Jahre alt gewesen sein. Sie hatte braunes Haar und helle Augen: blasses Grün oder Grau?

»Er ist schon ein seltsamer Typ«, sagte sie. »Er ist sehr

liebenswürdig, und dann verschwindet er von einem Tag auf den anderen … Hat er Ihnen das auch angetan?«

Ich antwortete, daß ich oft nicht wisse, wo er sei.

»Seit zwei Wochen will er mich nicht mehr sehen und auch am Telefon nicht mehr mit mir sprechen.«

»Ich glaube nicht, daß er das böse meint«, habe ich gesagt.

»Nein … nein … Ich weiß … Das passiert ihm von Zeit zu Zeit … Er ist verschollen, er stellt sich tot … Und dann taucht er wieder auf …«

Sie hat eine Zigarette aus dem Etui genommen und mir hingehalten. Ich habe mich nicht getraut, ihr zu sagen, daß ich nicht rauche. Sie hat auch eine genommen. Dann hat sie meine mit einem Feuerzeug angezündet. Ich habe einen Zug getan und habe gehustet.

»Wie erklären Sie sich das?« hat sie mich plötzlich gefragt.

»Was?«

»Diese Manie, sich totzustellen?«

Ich habe einen Augenblick lang gezögert. Dann habe ich gesagt:

»Das hat vielleicht mit gewissen Ereignissen in seinem Leben zu tun…«

Mein Blick hat sich auf Colette Laurents Foto an der Wand geheftet. Sie war auch etwa fünfundzwanzig Jahre alt gewesen.

»Vielleicht störe ich Sie ja bei Ihrer Arbeit …«

Sie war kurz davor, aufzustehen und zu gehen. Sie würde mir die Hand hinstrecken und eine neue nutzlose Nachricht für Jansen anvertrauen. Ich habe ihr gesagt:

»Aber nein ... Bleiben Sie noch einen Moment, man weiß ja nie ... Er kann jeden Augenblick kommen ...«

»Und Sie meinen, er wird erfreut sein, mich hier zu sehen?«

Sie lächelte mich an. Zum ersten Mal, seitdem sie das Atelier betreten hatte, nahm sie mich wahr. Bis dahin lag ich im Schatten Jansens.

»Sie übernehmen dafür die Verantwortung?«

»Die volle Verantwortung«, antwortete ich ihr.

»Da riskiert er aber eine böse Überraschung.«

»Aber nein. Ich bin sicher, er wird erfreut sein, Sie zu sehen. Er neigt nur dazu, sich in sich selbst zurückzuziehen.«

Ich wurde plötzlich zungenfertig, um meine Schüchternheit zu kaschieren und meine Verwirrung, denn sie fixierte mich mit ihren hellen Augen. Ich habe hinzugefügt:

»Wenn man ihn nicht daran hindert, kann es sein, daß er gar nicht mehr aufhört, sich totzustellen.«

Ich habe die Hefte und das Findbuch, die am Boden lagen, zugeklappt und die Stapel Fotos in einen der Koffer zurückgelegt.

»Wie haben Sie ihn kennengelernt?«, habe ich sie gefragt.

»Ach, durch Zufall … Hier ganz in der Nähe … In einem Café.«

War es dasselbe Café am Denfert-Rochereau, wo wir ihn getroffen hatten, meine Freundin und ich?

Sie runzelte die Augenbrauen, dunkle Augenbrauen, die zu ihren hellen Augen einen Kontrast bildeten.

»Als ich seinen Beruf erfahren habe, habe ich ihn gebeten, Fotos von mir zu machen … Ich brauchte welche für meine Arbeit … Er hat mich hier hergeführt … Und er hat mir sehr schöne Fotos gemacht.«

Sie waren mir noch nicht in die Hände gefallen. Die neuesten, die ich aufgelistet hatte, datierten von 1954. Vielleicht hatte er von diesem Jahr an nichts mehr aufbewahrt.

»Also, wenn ich das recht verstehe, hat er Sie als seinen Sekretär angestellt.«

Sie fixierte mich immer noch mit ihrem transparenten Blick.

»Ganz und gar nicht. Er braucht keinen Sekretär mehr. Er übt seinen Beruf immer seltener aus.«

Am Abend zuvor hatte er mich in ein kleines Restaurant in der Nähe des Ateliers eingeladen. Er hatte seine Rolleiflex dabei. Nach dem Essen hatte er sie auf den Tisch gelegt und erklärt, daß es vorbei sei, daß er sie nicht mehr benutzen wolle. Er schenke sie mir. Das sei aber wirklich schade, hatte ich ihm gesagt.

»Man muß zur rechten Zeit damit aufhören.«

Er hatte mehr als gewöhnlich getrunken. Während des Essens hatte er eine Flasche Whisky geleert, aber man merkte es ihm kaum an: nur ein kleiner Schleier über dem Blick und eine etwas langsamere Art zu sprechen.

»Wenn ich weitermache, haben Sie ja immer mehr Arbeit mit Ihrem Katalog. Meinen Sie nicht, das genügt so?«

Ich habe ihn bis zu seinem Hotel am Boulevard Raspail begleitet, in dem er ein Zimmer genommen hatte. Er wollte nicht ins Atelier zurück. Er meinte, »diese Kleine« wäre in der Lage, vor der Tür auf ihn zu warten. Aber wirklich, sie würde ihre Zeit vertun mit »so einem Typen« wie ihm.

Sie saß da, vor mir, auf dem Canapé. Es war schon sieben Uhr abends, und der Tag neigte sich seinem Ende zu.

»Meinen Sie, er kommt heute?« hat sie mich gefragt.

Ich war sicher, daß nicht. Er würde allein im Viertel essen gehen und dann in sein Hotelzimmer am Boulevard Raspail zurückkehren. Es sei denn, er riefe mich im nächsten Moment an, um sich mit mir in einem Restaurant zu verabreden. Und wenn ich ihm beichtete, diese Nicole sei da, wie würde er reagieren? Er würde sofort glauben, sie hätte den zweiten Hörer genommen. Dann würde er so tun, als riefe er aus Brüssel oder Genf an, und wäre sogar bereit, mit ihr zu reden. Er würde ihr sagen, daß sein Aufenthalt dort sich wohl hinzöge.

Aber das Telefon klingelte nicht. Wir saßen einander schweigend gegenüber.

»Kann ich noch auf ihn warten?«

»So lange Sie wollen …«

Das Zimmer lag jetzt im Halbdunkel, und ich stand auf, um Licht zu machen. Als sie sah, daß ich den Schalter bedienen wollte, sagte sie:

»Nein … Machen Sie kein Licht …«

Ich kam zurück und setzte mich auf das Canapé. Ich hatte das Gefühl, sie habe meine Gegenwart vergessen. Dann hob sie den Kopf und schaute mich an:

»Ich lebe mit einem Mann zusammen, der sehr eifersüchtig ist, und es besteht die Gefahr, daß er hier klingelt, wenn er Licht sieht …«

Ich blieb stumm. Ich traute mich nicht, ihr anzubieten, dann die Tür zu öffnen und dem möglichen Besucher zu erklären, daß niemand im Atelier sei.

Als ob sie meine Gedanken erraten hätte, sagte sie:

»Er ist imstande, Sie wegzustoßen und hier einzutreten, um zu schauen, ob ich nicht irgendwo bin … Er könnte Sie sogar verprügeln …«

»Ist er Ihr Ehemann?«

»Ja.«

Sie hat mir erzählt, daß Jansen sie eines Abends in ein Restaurant der Gegend eingeladen habe. Ihr Ehemann habe sie überrascht, ganz zufällig. Er sei auf ihren Tisch zugegangen und habe sie mit dem Handrücken ins

Gesicht geschlagen. Zwei Schläge, die ihren Mundwinkel bluten ließen. Dann habe er sich schnell davongemacht, bevor Jansen reagieren konnte. Auf der Straße hatte er ihnen aufgelauert. Er ging in einigem Abstand hinter ihnen her und verfolgte sie durch die ganze lange, von Bäumen und endlosen Mauern gesäumte Straße, die den Friedhof von Montparnasse in zwei Hälften teilt. Sie hatte mit Jansen das Atelier betreten, und ihr Mann war ungefähr eine Stunde vor der Tür stehengeblieben.

Sie glaubte, seit diesem mißlichen Vorfall widerstrebe es Jansen, sie wiederzusehen. Ich konnte ermessen, wie unwohl er, der so ruhig, so ungezwungen war, sich an jenem Abend gefühlt hatte.

Sie erklärte mir, daß ihr Ehemann zehn Jahre älter sei als sie. Er war Pantomime und trat in den Kabaretts der Rive gauche auf.

Ich habe ihn in der Folgezeit zwei, drei Mal gesehen, als er nachmittags in der Rue Froidevaux herumstrich, um Nicole dabei zu überraschen, wie sie aus dem Atelier kam. Er faßte mich frech ins Auge. Ein großer brünetter Typ in romantischer Pose. Eines Tages bin ich auf ihn zugegangen: »Suchen Sie jemanden?«

»Ich suche Nicole.«

Eine theatralische, leicht näselnde Stimme. In Haltung und Blick spielte er mit seiner leichten Ähnlichkeit mit dem Schauspieler Gérard Philipe. Er trug eine Art Gehrock in schwarz und lose um den Hals einen sehr langen ungeknoteten Schal. Ich hatte ihm gesagt: »Welche Nicole? Es gibt so viele Nicoles …«

Er warf mir einen verächtlichen Blick zu, und dann machte er kehrt in Richtung Place Denfert-Rochereau. Sein Gang hatte etwas Affektiertes, als ob er gerade von der Bühne abträte, und sein Schal wehte im Wind.

Sie schaute im Halbdunkel auf ihre Armbanduhr.

»Es ist gut … Sie können Licht machen, wir riskieren nichts mehr … Er hat nun seinen Auftritt in der École Buissonnière …«

»École Buissonnière?«

»Das ist ein Kabarett. Er tritt jeden Abend in zwei oder dreien auf.«

Als Künstlername hatte er »Der Mime Gil« gewählt, und er gab eine Nummer zu Tonbandaufnahmen mit Gedichten von Jules Laforgue und Tristan Corbière zum besten. Er hatte sie Nicole auf Band sprechen lassen, und so hörte man jeden Abend ihre Stimme, während er sich in einem Mondscheinlicht produzierte.

Sie sagte mir, ihr Mann sei sehr brutal. Er wolle sie davon überzeugen, daß eine Frau »ihren Körper und ihre Seele« einem »Künstler« weihen müsse, wenn sie das Leben mit ihm teilte. Er mache ihr Eifersuchtsszenen aus den nichtigsten Gründen, und diese Eifersucht sei, seitdem sie Jansen kenne, noch krankhafter geworden.

Gegen zehn Uhr würde er die »École Buissonnière« verlassen und mit einem Koffer in der Hand zum Kabarett

»Vieille Grille« in der Rue du Puits-de-L'Ermite hinüberwechseln. Der Koffer enthalte ein einziges Requisit: das Tonbandgerät mit den Bändern, auf denen die Gedichte aufgenommen waren.

Und Jansen, wo sei er, was meine ich? Ich habe ihr geantwortet, daß ich es wirklich nicht wisse. Einen kurzen Moment wollte ich ihr, um mich interessant zu machen, das Hotel am Boulevard Raspail verraten, aber ich habe geschwiegen. Sie hat mir vorgeschlagen, sie zu ihrer Wohnung zu begleiten. Es sei besser, wenn sie zu Hause wäre, bevor ihr Mann käme. Sie hat erneut von ihm gesprochen. Das sei sicher, sie schätze ihn nicht mehr, sie fände gar seine Eifersuchtsszenen und sein Künstlergehabe lächerlich, aber ich spürte wohl, sie hatte Angst vor ihm. Er kam immer um halb zwölf nach Hause, um sich zu vergewissern, daß sie da war. Danach ging er wieder, zum letzten Kabarett, wo er seine Nummer aufführte, ein Etablissement im Quartier de la Contrescarpe. Dort blieb er bis zwei Uhr morgens, und er zwang Nicole, ihn dahin zu begleiten.

Wir folgten der Avenue Denfert-Rochereau unter den Bäumen, und sie stellte mir Fragen zu Jansen. Und ich, ich antwortete ihr ausweichend: Ja, er reise viel, wegen seiner Arbeit, und er gebe mir nie Nachricht. Dann komme er überraschend zurück und verschwinde noch am gleichen Tag wieder. Ein wahrer Luftzug. Sie ist stehengeblieben und hat mir ihr Gesicht zugewandt:

»Hören Sie ... Wenn er eines Tages ins Atelier kommt, können Sie mich dann nicht heimlich anrufen? Ich komme sofort ... Ich bin sicher, er wird mir die Tür aufmachen.«

Sie holte aus der Tasche ihres Regenmantels ein Stück Papier und fragte, ob ich einen Kugelschreiber habe. Sie schrieb ihre Telefonnummer auf.

»Rufen Sie mich an, egal zu welcher Tages- oder Nachtzeit, um mir Bescheid zu geben.«

»Und Ihr Mann?«

»Ach, mein Mann ...«

Sie zuckte mit den Schultern. Das schien ihr offenbar kein unüberwindliches Hindernis zu sein.

Sie suchte die »Rückkehr ins Gefängnis«, wie sie es nannte, hinauszuzögern, und wir machten einen Umweg durch Straßen, die heute in mir die Vorstellung einer ganz dem geistigen Schaffen geweihten Provinz wecken: Ulm, Rataud, Claude-Bernard, Pierre-et-Marie-Curie ... Wir überquerten die Place du Panthéon, die düster im Mondschein lag, und die allein zu kreuzen ich mich nicht getraut hätte. Nach all den Jahren scheint mir das Viertel so ausgestorben gewesen zu sein, wie zur Zeit einer Ausgangssperre. Übrigens kehrt dieser Abend von vor fast dreißig Jahren oft in meinen Träumen wieder. Ich sitze auf dem Canapé neben ihr, die so distanziert ist, daß ich den Eindruck habe, ich befinde mich neben einer Statue. Sie muß so lange Zeit gewartet haben, daß sie zu Stein geworden ist. Das Atelier ist in sommerliches Abendlicht getaucht. Die Fotos von Robert Capa und Colette Laurent hängen nicht mehr an der Wand. Niemand wohnt hier mehr. Jansen ist nach Mexiko verschwunden. Und wir, wir warten weiter ganz umsonst.

*

Am Fuß der Montagne Sainte-Geneviève sind wir in eine Sackgasse eingebogen: die Rue d'Écosse. Es hatte zu regnen begonnen, und sie blieb vor dem letzten Haus stehen. Das Portal stand weit offen. Sie hat einen Finger auf die Lippen gelegt und mich in den Flur hineingezogen. Sie hat kein Licht gemacht.

Man sah einen Lichtstrahl unter der ersten Tür links, die auf den Flur führte.

»Er ist schon da«, flüsterte sie mir ins Ohr. »Ich werde mich verkloppen lassen müssen.«

Das Wort »verkloppen« aus ihrem Mund hat mich überrascht. Der Regen wurde immer heftiger.

»Ich kann Ihnen noch nicht einmal einen Regenschirm leihen.«

Ich hielt meine Augen auf diesen Lichtstrahl geheftet. Ich hatte Angst, er käme heraus.

»Sie sollten im Flur warten, bis der Schauer vorbei ist ... Mein Mann kennt Sie ja nicht ...«

Sie drückte mir die Hand.

»Wenn Francis zurückkommt, geben Sie mir sofort Nachricht ... Versprochen?«

Sie hat das Licht angeknipst und den Schlüssel ins Schloß gesteckt. Sie hat mir einen letzten Blick zugeworfen. Sie ist hineingegangen, und ich habe sie mit unsicherer Stimme sagen hören:

»Guten Tag, Gil.«

Der andere blieb stumm. Die Tür ist ins Schloß gefallen. Bevor das Licht wieder erlosch, hatte ich die Zeit, ihren Briefkasten an der Hausflurwand zu erkennen. Darauf war in roten und verkrümmten Buchstaben zu lesen:

Nicole
und
Gil
Mime und Poet

Man hörte das Geräusch eines Möbelstücks, das umfiel. Irgend jemand prallte gegen die Tür. Nicoles Stimme:

»Laß mich in Ruhe ...«

Man hätte meinen können, sie wehre sich. Der andere blieb weiter stumm. Sie stieß einen erstickten Schrei aus, als ob sie gewürgt würde. Ich habe mich gefragt, ob ich nicht eingreifen müsse, aber ich blieb unbeweglich in der Dunkelheit unter dem Portal stehen. Der Regen hatte eine Pfütze vor mir gebildet, mitten auf dem Bürgersteig.

Sie hat geschrien: »Laß mich«, lauter als das erste Mal. Ich war kurz davor, an die Tür zu klopfen, als der Lichtstrahl erlosch. Nach einem kurzen Moment war das Knarren einer Matratze zu hören. Dann Seufzer und Nicoles heisere Stimme:

»Laß mich.«

Es regnete weiter, während sie abgehackte Klagelaute ausstieß und die Matratze knarrte. Ein wenig später fiel nur noch leichter Sprühregen.

Ich wollte die Toreinfahrt gerade verlassen, als hinter mir das Licht anging. Sie standen beide im Flur, und er hatte seinen Koffer in der Hand. Sein linker Arm war um Nicoles Schulter gelegt. Sie gingen vorbei, und sie tat so, als kenne sie mich nicht. Aber am Ende der Straße hat sie sich umgedreht und mir mit der Hand ein flüchtiges Zeichen gegeben.

An einem sonnigen Mainachmittag hatte mich Jansen bei meiner Arbeit überrascht. Ich hatte ihm von Nicole erzählt, und er hörte mir zerstreut zu.

»Die Kleine ist ja sehr nett«, sagte er zu mir, »aber ich könnte ihr Vater sein ...«

Er verstand nicht recht, was ihr Ehemann so trieb, und als er sich an den Abend im Restaurant erinnerte, an dem er Nicole geschlagen hatte, wunderte er sich immer noch darüber, daß ein Pantomime so aggressiv sein konnte. Er stellte sich diese immer mit langsamen und sanften Gesten vor.

Wir hatten das Atelier verlassen und waren gerade einige Schritte gegangen, als ich seine Silhouette erkannte. Er lauerte an der Ecke der Straße, die mit ihren angrenzenden Mauern den Friedhof durchschneidet: Der Mime Gil. Er trug ein Jackett und eine schwarze Hose zu einem bogenförmig ausgeschnittenen weißen Hemd, dessen weiter Kragen die Revers seines Jacketts verdeckten.

»Sieh mal einer an … Eine alte Bekanntschaft«, sagte Jansen zu mir.

Er wartete mit verschränkten Armen darauf, daß wir an ihm vorübergingen. Wir nahmen den anderen Bürgersteig und taten so, als würden wir ihn nicht sehen. Er überquerte die Straße und pflanzte sich mitten auf dem Bürgersteig auf, die Beine leicht gespreizt. Und wieder verschränkte er die Arme.

»Glauben Sie, wir werden uns schlagen müssen?« fragte mich Jansen.

Wir kamen auf seiner Höhe an, und er versperrte uns den Weg, indem er hin und her sprang wie ein Boxer, der bereit war, zuzuschlagen. Ich habe ihn angerempelt. Seine linke Hand ist in einer mechanischen Geste auf meine Wange niedergegangen.

»Komm«, sagte Jansen zu mir.

Und er zog mich am Arm fort. Der andere wandte sich an Jansen:

»Sie Fotograf, Sie, Sie vergeben sich nichts, wenn Sie mal einen Augenblick stehenbleiben.«

Seine Stimme hatte den metallischen Ton und die übertriebene Diktion mancher Schauspieler der Comédie-Française. Nicole hatte mir erklärt, er sei auch Schauspieler und habe den Schlußtext seines Spektakels selbst auf Band gesprochen: eine lange Passage aus *König Ubu* von Alfred Jarry. Er hielt viel darauf – augenscheinlich. Es war das Bravourstück und die Krönung seiner Nummer.

Wir sind weitergegangen Richtung Place Denfert-Rochereau. Ich habe mich umgedreht. Von weitem konnte man im Sonnenlicht noch seine schwarze Kleidung und seine dunklen Haare erkennen. War es die Nähe des Friedhofs? Diese Silhouette hatte etwas Schauerliches.

»Folgt er uns?« hat mich Jansen gefragt.

»Ja.«

Und so hat er mir erzählt, daß er zwanzig Jahre zuvor, am Tag, als er bei einer Razzia an der Metrostation George-V. festgenommen wurde, in einem Metrowagen einem Mann mit dunklem Haar und dunkler Kleidung gegenüber gesessen hatte. Zuerst hatte er ihn für einen normalen Fahrgast gehalten, aber einige Minuten später fand sich der Mann unter den Polizisten wieder, die ihn und gut zehn weitere Personen auf die Wache mitgenommen hatten. Er hatte vage mitbekommen, daß der Mann ihm in den Gängen der Metrostation gefolgt war. Der Mime Gil erinnerte ihn mit seiner schwarzen Kleidung an jenen Polizisten.

Er folgte uns immer noch, die Hände in den Taschen. Ich hörte ihn ein Lied singen, das mir als Kind angst gemacht hatte: *Il était un petit navire*.

Wir haben uns auf die Terrasse des Cafés gesetzt, in dem ich Jansen zum ersten Mal getroffen hatte. Der andere ist uns gegenüber auf dem Bürgersteig stehengeblieben und hat die Arme verschränkt. Jansen hat mit dem Finger auf ihn gezeigt.

»Er ist genauso klebrig wie der Polizist vor zwanzig Jahren«, hat er gesagt. »Vielleicht ist er's gar.«

Die Sonne blendete mich. In dem grellen und flimmernden Licht flirrte ein schwarzer Punkt vor unseren Augen hin und her. Der Punkt näherte sich. Jetzt löste sich der Mime Gil aus dem Gegenlicht. Wollte er uns zu einem Gedicht von Tristan Corbière eine seiner Pantomimen als Scherenschnitt darbieten?

Er stand vor unserem Tisch. Er hat mit den Schultern gezuckt und sich in einem hochmütigen Gang Richtung Metrostation Denfert-Rochereau entfernt.

»Es wird Zeit, daß ich Paris verlasse«, sagte Jansen, »denn all das wird ermüdend und lächerlich.«

In dem Maß, wie ich mich an all die Einzelheiten erinnere, nehme ich Jansens Gesichtspunkt ein. Während der wenigen Wochen, die ich ihn gekannt habe, betrachtete er die Wesen und die Dinge aus großer Entfernung, und so blieben ihm nur vage Anhaltspunkte und vage Silhouetten. Traten sie zu ihm in Kontakt, so verloren diese Wesen und Dinge aufgrund einer eigenartigen Wechselwirkung ihre Konsistenz. Ist es denkbar, daß der Mime Gil und seine Frau heute noch irgendwo leben? Ich kann so gut es geht versuchen, mich selbst davon zu überzeugen und mir folgende Situation vorzustellen, aber ich glaube nicht so recht daran: Nach dreißig Jahren begegne ich ihnen in Paris, wir sind alle drei gealtert, wir setzen uns auf die Terrasse eines Cafés und holen in aller Gelassenheit Jansen und den Frühling des Jahres 1964 aus unserem Gedächtnis hervor. Alles, was mir rätselhaft erschien, würde klar werden, banal gar.

So auch der Abend, an dem Jansen kurz vor seiner Abreise nach Mexiko einige Freunde in seinem Atelier versammelt hatte, für den »Abschiedsdrink«, wie er lachend sagte …

Wenn ich mich an diesen Abend erinnere, so empfinde ich das Bedürfnis, die Schemen, die mir entgleiten, einzufangen und sie wie auf einer Fotografie festzuhalten. Aber nach so vielen Jahren verblassen die Konturen, und ein immer verfänglicherer Zweifel nagt am Bild der Personen. Dreißig Jahre reichen aus, um Zeugen und Beweise verschwinden zu lassen. Und selbst damals hatte ich schon gespürt, daß der Kontakt zwischen Jansen und seinen Freunden abriß. Er würde sie nie wiedersehen, und es schien ihn überhaupt nicht zu bekümmern. Die anderen waren zweifellos erstaunt darüber, daß er sie überhaupt eingeladen hatte, da er doch seit langem kein Lebenszeichen mehr von sich gegeben hatte. Die Konversation hob an, um gleich wieder abzubrechen. Und Jansen schien so abwesend zu sein, er, der doch das Band zwischen all den Leuten hätte sein müssen … Man hätte meinen können, daß sie sich zufällig in einem Wartesaal getroffen hätten. Ihre geringe Anzahl vertiefte noch das Unbehagen: Sie waren vier, und alle saßen sie in großer Distanz zueinander. Jansen hatte ein Buffet aufgebaut, das zum bizarren Charakter des Abends beitrug. Gelegentlich erhob sich einer von ihnen, ging zum Buffet, um sich einen Whisky einzuschenken oder Salzgebäck zu nehmen, und das Schweigen der anderen hüllte diesen Gang in eine ungewöhnliche Feierlichkeit.

Zu dem »Abschiedsdrink« waren eingeladen die Meyendorffs, ein Paar um die fünfzig, das Jansen seit langem kannte, denn ich hatte ein Foto von ihnen registriert, auf dem sie in einem Garten zusammen mit Colette Laurent zu sehen waren. Der Mann war zartgliedrig, hatte dunkle Haare, ein feines Gesicht und trug eine getönte Brille. Er sprach mit sehr sanfter Stimme und war sehr freundlich zu mir, fragte gar, was ich im Leben so vorhätte. Er war Arzt, aber ich glaube, er praktizierte nicht mehr. Seine Frau war ebenfalls dunkelhaarig, klein und hatte die Haare zu einem Chignon gesteckt. Sie hatte hohe Wangenknochen, die harsche Art einer ehemaligen Ballettlehrerin und sprach mit einem leichten amerikanischen Akzent. Die beiden anderen Geladenen waren Jacques Besse und Eugène Deckers, mit denen ich oft am Telefon, wenn Jansen nicht da war, einige Worte gewechselt hatte.

Jacques Besse war in seiner Jugend ein begabter Musiker gewesen. Eugène Deckers verbrachte seine freie Zeit mit Malen, und hatte auf der Île Saint-Louis einen riesigen Speicher zu einem Atelier ausgebaut.* Er war

* Später habe ich erfahren, daß Jacques Besse die Musik zu Sartres *Les Mouches* komponiert hatte sowie zu dem Film *Dédé d'Anvers*. Seine letzten Adressen, die ich habe finden können, sind: 15, Rue Hégésippe-Moreau, Paris (XVIII.) und Château de la Chesnaie, Chailles (Loir-et-Cher), Tel.: 27.

Eugène Deckers hat mehrere Ausstellungen gehabt. Er ist 1977 in Paris gestorben. Seine letzte Adresse war: 25, Quai d'Anjou, Paris.

belgischer Abstammung und spielte, um sein Leben bestreiten zu können, Nebenrollen in englischen B-Movies, denn er war zweisprachig. Aber all das wußte ich damals nicht. An diesem Abend begnügte ich mich damit, sie zu beobachten, ohne mir groß Fragen zu stellen. Ich war in jenem Alter, in dem man oft in seltsame Gesellschaft gerät, und diese da war alles in allem nicht seltsamer als andere.

Gegen Ende des Abends entspannte sich die Atmosphäre. Es war noch hell, und Eugène Deckers, der versuchte, das ganze etwas zu beleben, hat vorgeschlagen, draußen noch ein Glas zu trinken, auf einer Bank vor dem Atelier. Wir sind alle hinausgegangen und haben die Tür zum Atelier offen gelassen. Kein Auto befuhr mehr die Rue Froidevaux. Man hörte die Blätter in einer Frühlingsbrise wehen und den fernen Verkehrslärm vom Denfert-Rochereau.

Deckers brachte ein Tablett mit Aperitifs. Jansen zog hinter sich einen der Sessel des Ateliers nach draußen und stellte ihn mitten auf den Bürgersteig. Er machte Madame de Meyendorff ein Zeichen, sich zu setzen. Auf einmal war er der Jansen von einst, der seine Abende mit Robert Capa verbracht hatte. Deckers spielte mit dem Tablett in der Hand den Oberkellner. Auch ihn konnte man sich mit seinen dunklen gelockten Haaren und dem Korsarenkopf gut vorstellen, wie er an den bewegten Abenden dabei war, von denen Jansen mir erzählt hatte und zu denen Capa ihn in seinem grünen Ford entführt hatte. Das Unbehagen vom Beginn des Abends verschwand. Doktor de Meyendorff saß auf der Bank neben Jacques Besse und sprach mit seiner sanften Stimme zu ihm. Stehend auf dem Bürgersteig, mit dem Glas in der Hand wie bei einem Cocktailempfang, waren Madame de Meyendorff, Jansen und Deckers in ein Gespräch vertieft. Schließlich setzte sich Madame de Meyendorff in den Sessel unter freiem Himmel. Jansen drehte sich zu Jacques Besse um:

»Singst du uns *Cambriole*?«

Dieses von Jacques Besse mit zweiundzwanzig Jahren komponierte Stück hatte damals Aufsehen erregt und ihn gar zum Anführer einer neuen Musikergeneration gemacht.

»Nein. Ich habe keine Lust …«

Er lächelte traurig. Er komponierte seit langem nicht mehr.

Ihre Stimmen mischten sich nun in der Stille der Straße: die sanfte und geruhsame des Doktor de Meyendorff, die tiefe Stimme seiner Frau, die mit schallenden Lachern pointierte Deckers. Nur Jacques Besse blieb schweigsam auf der Bank und lauschte de Meyendorff mit einem Lächeln auf den Lippen. Ich hielt mich ein wenig abseits und schaute zur Ecke der Straße, die den Friedhof durchschneidet: Vielleicht würde der Mime Gil auftauchen, sich auf Distanz halten, die Arme verschränkt, im Glauben, Nicole würde zu uns stoßen. Aber nein.

An einem Punkt ist Jansen zu mir gekommen und hat gesagt:

»Nun? Zufrieden? Es ist schön heute abend … Das Leben fängt an für Sie …«

Es stimmte: All die langen Jahre lagen noch vor mir.

Jansen hatte mir einige Male von den Meyendorffs erzählt. Nach dem Verlust von Robert Capa und Colette Laurent hatte er sie häufig gesehen. Madame de Meyendorff war eine Anhängerin der okkulten Wissenschaften und des Spiritismus. Doktor de Meyendorff – ich habe die Visitenkarte, die er mir am Abend des »Abschiedsdrinks« gegeben hatte, wiedergefunden: *Doktor Henri de Meyendorff, 12, Rue Ribéra, Paris XVI., Tel.: Auteuil 28–15, und Le Moulin in Fossombrone (Seine-et-Marne)* – verbrachte seine freie Zeit mit dem Studium des alten Griechenlands und hatte ein kleines Buch geschrieben, das dem Orpheusmythos gewidmet war*.

Jansen hatte einige Monate lang an den spiritistischen Sitzungen, die Madame de Meyendorff organisierte, teilgenommen. Es ging darum, die Toten sprechen zu lassen. Ich empfinde instinktives Mißtrauen und reichlich Skepsis gegenüber solcherart Veranstaltungen. Aber ich

* *Orphée et l'Orphéisme*, von H. de Meyendorff, Paris, Éditions du Sablier, 1949.

kann verstehen, daß Jansen in einer Periode großer Verzweiflung da Zuflucht suchte. Man wollte die Toten sprechen lassen, vor allem aber wollte man, daß sie wirklich zurückkehrten und nicht nur in unsere Träume, wo sie an unserer Seite sind, aber so weit weg, so abwesend …

Nach allem, was er mir anvertraut hat, muß er die Meyendorffs in einer Zeit kennengelernt haben, die lange vor dem Foto liegt, das sie mit Colette Laurent in jenem Garten zeigt. Er hatte sie im Alter von neunzehn Jahren erstmals getroffen. Dann war der Krieg ausgebrochen. Da Madame de Meyendorff Amerikanerin war, waren sie und ihr Mann in die Vereinigten Staaten gegangen und hatten Jansen die Schlüssel zu ihrer Pariser Wohnung und zu ihrem Landhaus überlassen, wo er in den beiden ersten Jahren der deutschen Besatzung gelebt hatte.

Ich habe oft gedacht, die Meyendorffs wären die Menschen, die mir am ehesten Auskunft über Jansen geben könnten. Als er Paris verließ, hatte ich meine Arbeit beendet: Alles was ich über ihn zusammengetragen hatte, stand in den roten Schreibheften der Marke Clairefontaine, dann gab es das alphabetische Register im Findbuch und den Fotoband *Schnee und Sonne*, den er mir netterweise geschenkt hatte. Ja, wenn ich ein Buch über Jansen hätte schreiben wollen, so wäre es unabdingbar gewesen, die Meyendorffs zu treffen und ihr Zeugnis aufzunehmen.

Es mag fünfzehn Jahre her sein, daß ich in dem roten Heft geblättert und zwischen den Seiten die Visitenkarte des Doktor de Meyendorff gefunden habe. Ich rief seine Nummer an, aber sie war »nicht mehr vergeben«. Der Doktor war auch nicht im Telefonbuch jenes Jahres verzeichnet. Um es vom Herzen zu haben, suchte ich die Nummer 12 der Rue Ribéra auf, aber die Concierge sagte mir, sie kenne niemanden dieses Namens im Haus.

An jenem Samstag im Juni, so kurz vor den großen Ferien, war sehr schönes Wetter, und die Uhr ging auf zwei am Nachmittag. Ich war allein in Paris und hatte einen langen Tag vor mir, ohne ein Ziel. Ich entschloß mich, die Adresse in Seine-et-Marne aufzusuchen, die auf der Visitenkarte des Doktors angegeben war. Sicher, ich hätte durch einiges Nachfragen herausbekommen können, ob ein gewisser Meyendorff noch in Fossombrone lebte, und wenn ja, ihn anrufen können, aber ich zog es vor, mich an Ort und Stelle selbst zu vergewissern.

Ich habe die Metro bis zur Gare de Lyon genommen,

und dann an den Schaltern für die Vorortzüge eine Fahrkarte nach Fossombrone gelöst. In Melun mußte man umsteigen. Das Abteil, in das ich stieg, war leer, und ich war beinahe fröhlich, ein Ziel für meinen Tag gefunden zu haben.

Als ich dann am Bahnsteig von Melun auf den Triebwagen nach Fossombrone wartete, änderte sich meine Stimmung. Die Sonne des beginnenden Nachmittags, die wenigen Reisenden und dieser Besuch bei Leuten, die ich nur ein einziges Mal gesehen hatte, fünfzehn Jahre zuvor, und die sicherlich verschwunden waren oder mich vergessen hatten, gaben mir plötzlich ein Gefühl der Irrealität.

Wir waren zu zweit in dem Triebwagen: Eine Frau von etwa sechzig Jahren, die einen Picknickkorb in den Händen hielt, saß mir gegenüber.

»Mein Gott … Welch eine Hitze …«

Ich war beruhigt, ihre Stimme zu hören, aber überrascht, daß sie so klar klang und leicht nachhallte. Das Leder der Sitzbank war brennendheiß. Es gab keine einzige Schattenecke.

»Erreichen wir bald Fossombrone?« habe ich sie gefragt.

»Das ist die dritte Station.«

Sie wühlte in ihrem Korb und fand schließlich, was sie suchte: ein schwarzes Portemonnaie. Sie schwieg.

Ich hätte das Schweigen gern durchbrochen.

Sie stieg am zweiten Halt aus. Der Triebwagen ist wieder angefahren, und ich bin von Panik ergriffen worden. Ich war allein von nun an. Ich fürchtete, der Wagen nähme mich auf eine unendliche Reise mit und erhöhte dabei nach und nach seine Geschwindigkeit. Aber er hat seine Fahrt verlangsamt, und er hat gehalten an einem kleinen Bahnhof mit einer beigefarbenen Mauer, auf der ich in Lettern aus Granulitsteinen gelesen habe: FOSSOMBRONE. Im Inneren des Bahnhofs neben den Schaltern, ein Zeitungskiosk. Ich habe eine Tageszeitung gekauft, das Datum überprüft und die Schlagzeilen gelesen.

Ich habe den Mann am Kiosk gefragt, ob er ein Haus mit Namen Le Moulin kenne. Er hat mir erklärt, ich müsse der Hauptstraße folgen und dann weiter geradeaus bis zum Waldrand gehen.

Die Fensterläden der Häuser an der Hauptstraße waren geschlossen, wegen der Sonne. Niemand war zu sehen, und es hätte mich beunruhigen können, so allein inmitten dieses unbekannten Dorfes zu sein. Die Hauptstraße verwandelte sich nun in eine breite Platanenallee, deren Blätter kaum Sonnenstrahlen durchließen. Die Stille, die Unbeweglichkeit der Blätter, die Sonnenflecken, über die ich lief, gaben mir erneut das Gefühl zu träumen. Ich las noch einmal das Datum und die Schlagzeilen der Zeitung, die ich in der Hand hielt, um mich der äußeren Welt zu vergewissern.

Auf der linken Seite zum Waldsaum hin eine Mauer und ein grünes Holzportal, auf dem in weißer Farbe geschrieben war: LE MOULIN. Ich entfernte mich von der niedrigen Mauer, die das Anwesen umgab, und stellte mich auf die andere Seite der Allee, um das Haus besser sehen zu können. Es schien aus mehreren Hofbauten gebildet zu sein, die untereinander verbunden waren, ohne noch ländlichen Charakter zu wahren: Die Veranda, die großen Fenster und die efeubewachsene Fassade boten die Ansicht eines Bungalows. Der verwahrloste Park war zu einer Lichtung geworden.

Die anliegende Mauer beschrieb einen rechten Winkel und verlängerte sich noch um etwa hundert Meter entlang eines Pfads, der den Wald säumte und zu weiteren Anwesen führte.

Das Le Moulin benachbarte war eine weiße Villa im Stil eines Blockhauses mit verglasten Wänden. Es war vom Weg durch ein weißes Gatter und eine dichte Reihe Liguster getrennt. Eine Frau mit weißem Strohhut mähte den Rasen, und ich war erleichtert, daß ein Motorgeräusch die Stille durchbrach.

Ich habe gewartet, bis sie sich dem Eingangstor näherte. Als sie mich gesehen hat, hat sie den Motor des Rasenmähers ausgeschaltet. Sie hat ihren Strohhut gezogen. Eine Blonde. Sie hat das Tor geöffnet.

»Der Doktor de Meyendorff, bewohnt er noch Le Moulin?«

Ich hatte Mühe, die Silben dieser Wörter auszusprechen … Sie hallten seltsam wieder.

Die Blonde sah mich überrascht an. Meine Stimme, meine Verlegenheit, der Klang von »de Meyendorff« hatten etwas Unpassendes, etwas Feierliches.

»Le Moulin ist seit langer Zeit nicht mehr bewohnt«, hat sie mir geantwortet, »jedenfalls seitdem ich hier wohne.«

»Kann ich es anschauen?«

»Sie müßten den Wächter fragen. Er kommt dreimal die Woche hierher. Er wohnt in Chailly-en-Bière.«

»Und Sie wissen nicht, wo die Eigentümer sind?«

»Ich glaube, sie leben in Amerika.«

Also war die Chance groß, daß es die Meyendorffs waren.

»Interessiert Sie das Haus? Ich bin sicher, es steht zum Verkauf.«

Sie hat mich in ihren Garten hineingelassen und das Tor geschlossen.

»Ich schreibe ein Buch über jemanden, der hier gelebt hat, und wollte es mir einfach ansehen.«

Wieder hatte ich das Gefühl, ich gebrauche einen zu feierlichen Ton.

Sie führte mich bis zum Ende des Gartens. Ein Zaun markierte die Grenze zum weiten Park des Le Moulin. Er wies ein großes Loch auf, und sie zeigte es mir.

»Es ist leicht, auf die andere Seite zu gelangen …«

Ich glaubte zu träumen. Sie hatte eine so sanfte Stimme, so klare Augen, war so zuvorkommend … Sie kam näher, und ich fragte mich plötzlich, ob ich recht daran tat, um ein verlassenes Haus zu streunen, »auf die andere Seite« zu gehen, wie sie es ausdrückte, anstatt bei ihr zu bleiben und sie näher kennenzulernen.

»Während Sie sich das anschauen, könnten Sie mir Ihre Zeitung leihen?«

»Aber gern.«

»Wegen des Fernsehprogramms.«

Ich gab ihr die Zeitung. Sie hat gesagt:

»Lassen Sie sich Zeit und machen Sie sich keine Sorgen. Ich passe auf.«

Ich kroch durch den Zaun und gelangte auf eine freie Fläche. Ich ging hinüber zum Haus. Je mehr ich mich näherte, um so mehr ließ die Lichtung einem kaum gepflegten Rasen Platz, den ein Kiesweg durchschnitt. Le Moulin machte von hier aus genau denselben Eindruck eines Bungalows wie von vorne. Linker Hand verlängerte sich das Gebäude durch eine Kapelle, aus der man die Tür herausgenommen hatte und die nur noch eine Remise war.

Die Läden des Untergeschosses waren geschlossen wie auch die grünen Flügel der Terrassentür. Zwei große Platanen wuchsen im Abstand von zehn Metern, und ihre Zweige formten ein grünes Dach, das mich an eine Promenade in einer südlichen Stadt erinnerte. Die Sonne brannte, und der Schatten der Bäume gab mir ein Gefühl plötzlicher Frische.

Genau hier hatte Jansen das Foto von Colette Laurent und den Meyendorffs gemacht. Ich hatte die Platanen wiedererkannt und rechter Hand den steinernen, efeubekränzten Brunnen. In das rote Heft hatte ich notiert: »Foto mit den Meyendorffs und Colette Laurent in Fossombrone. Schatten. Frühling oder Sommer. Brunnen. Ungewisses Datum.« Ich hatte Jansen nach dem Jahr gefragt, in welchem das Foto entstanden war, aber er hatte nur mit den Schultern gezuckt.

Das Gebäude hatte einen Erker auf der rechten Seite, und die Läden an einem der Fenster im Erdgeschoß waren geöffnet. Ich drückte meine Stirn an die Scheibe. Die Sonnenstrahlen warfen Lichtflecken an die Wand im Inneren. Ein Bild war dort aufgehängt: ein Portrait von Madame de Meyendorff. In der Zimmerecke ein Mahagonischreibtisch, hinter dem ich einen Ledersessel erkennen konnte. Zwei weitere gleiche Sessel nahe dem Fenster. Bücherregale an der rechten Wand über einem mit grünem Velours bespannten Diwan.

Ich wäre gern in dieses Zimmer eingebrochen, in dem der Staub der Zeit sich nach und nach abgelagert hatte. Jansen mußte sich oft auf diesen Sesseln niedergelassen haben, und ich stellte ihn mir vor, wie er dort gegen Ende eines Nachmittags eines der Bücher aus der Bibliothek las. Er war mit Colette Laurent hierher gekommen. Und später dann war es bestimmt in diesem Raum, daß Madame de Meyendorff die Toten sprechen ließ.

Dort hinten auf dem Rasen hatte die Blonde ihre Arbeit wiederaufgenommen, und ich hörte das friedfertige und beruhigende Brummen des Rasenmähers.

Ich bin nie wieder nach Fossombrone zurückgekehrt. Und heute, fünfzehn Jahre später, wird Le Moulin verkauft worden sein, so vermute ich, und die Meyendorffs beenden irgendwo in Amerika ihr Leben. Ich habe nichts mehr von den anderen Personen gehört, die Jansen zu seinem »Abschiedsdrink« eingeladen hatte. Im Mai 1974 war ich an einem Nachmittag zufällig Jacques Besse auf dem Boulevard Bonne-Nouvelle in Höhe des Théâtre du Gymnase begegnet. Ich hatte ihm die Hand zur Begrüßung hingestreckt, aber er hatte es nicht bemerkt und sich entfernt, kerzengerade, ohne mich wiederzuerkennen, mit leerem Blick, einem Dreitagebart und in einem dunkelgrauen Rollkragenpullover.

Eines Nachts vor einigen Monaten hatte ich sehr spät den Fernseher eingeschaltet. Es gab einen englischen Krimi mit dem »Heiligen«, dem Serienhelden von Leslie Charteris, und ich war überrascht, Eugène Deckers spielen zu sehen. Die Szene war im London der sechziger Jahre gedreht, vielleicht gar im selben Jahr und in derselben Woche, in der Deckers zum »Abschiedsdrink« gekommen war. Auf dem Bildschirm durchquerte er eine Hotelhalle, und ich sagte mir, es sei wahrlich seltsam, daß man von einer Welt, in der alles vergeht, in eine andere wechseln konnte, die von den Gesetzen der Schwerkraft befreit ist und in der man sich in alle Ewigkeit in einem Schwebezustand befindet: von diesem Abend in der Rue Froidevaux, von dem nichts außer schwachen Echos in meinem Gedächtnis zurückbleibt, zu jenen auf Zelluloid belichteten Augenblicken, in denen Deckers eine Hotelhalle durchquert bis zum Ende aller Zeiten.

In dieser Nacht hatte ich geträumt, ich wäre in Jansens Atelier und säße auf dem Canapé wie einst. Ich betrachtete die Fotos an der Wand und war plötzlich erschrocken ob der Ähnlichkeit zwischen Colette Laurent und meiner Freundin zu jener Zeit, mit der ich Jansen kennengelernt hatte und von der ich nicht weiß, was aus ihr, auch aus ihr, geworden ist. Ich bildete mir ein, es sei ein und dieselbe Person, sie und Colette Laurent. Der Abstand von Jahren hatte die Eindrücke vernebelt. Die eine wie die andere hatte kastanienbraunes Haar und graue Augen. Und denselben Vornamen.

Ich habe das Atelier verlassen. Es war schon Nacht, und das hatte mich überrascht. Ich erinnerte mich, daß es Oktober oder November war. Ich lief in Richtung Denfert-Rochereau. Ich sollte Colette und einige weitere Leute in einem Haus nahe dem Parc Montsouris treffen. Wir kamen da jeden Sonntagabend zusammen. Und in meinem Traum war ich sicher, an diesem Abend dort unter den Geladenen Jacques Besse, Eugène Deckers, Doktor de Meyendorff und seine Frau wiederzusehen.

Die Rue Froidevaux schien mir kein Ende zu nehmen, als ob jede Strecke sich unendlich hinzöge. Ich fürchtete, zu spät zu kommen. Würden sie auf mich warten? Der Bürgersteig war von toten Blättern bedeckt, und ich ging entlang der Mauer und der Böschung des Reservoirs von Montsouris, hinter denen ich mir schlafendes Wasser vorstellte. Ein Gedanke begleitete mich, zuerst war er vage, dann wurde er präziser: Ich hieß Francis Jansen.

Am Tag bevor Jansen Paris verlassen hat, war ich um die Mittagszeit ins Atelier gekommen, um die Fotos in den Koffern zu verstauen. Nichts ließ seine plötzliche Abfahrt erahnen. Er hatte mir erklärt, daß er vor Ende Juli nicht aufbrechen würde. Einige Tage zuvor hatte ich ihm die Doppel des Hefts und des Findbuchs übergeben. Zuerst hatte er gezögert, sie anzunehmen:

»Meinen Sie, das nützt mir im Moment irgendwie?«

Dann hatte er im Findbuch geblättert. Er hielt sich bei einer Seite auf und sprach gelegentlich einen Namen laut aus, als ob er sich das Gesicht zu dem Namen in Erinnerung rufen wollte.

»Das reicht für heute …«

Mit einer brüsken Geste hatte er das Register zugeklappt.

»Sie haben eine schöne Skribentenarbeit vollbracht … Ich gratuliere Ihnen.«

An diesem letzten Tag, als er ins Atelier kam und mich

die Fotos ordnen sah, hat er mich nochmals beglückwünscht:

»Ein wahrer Archivar ... Man sollte Sie in einem Museum anstellen ...«

Wir haben in einem Restaurant des Viertels Mittag gegessen. Er hatte seine Rolleiflex dabei. Nach dem Essen sind wir den Boulevard Raspail hochgegangen, er hat vor dem Hotel haltgemacht, das an der Ecke der Rue Boissonade liegt und sich einsam neben der Mauer und den Bäumen des Centre Américain aufrichtet.

Er ist einige Schritte zurückgetreten bis zum Bordstein und hat mehrere Fotos der Hotelfassade gemacht.

»Hier habe ich bei meiner Ankunft in Paris gewohnt ...«

Er hat mir erzählt, daß er am Abend seiner Ankunft krank geworden war und zehn Tage lang das Zimmer hüten mußte. Er wurde von einem österreichischen Flüchtling gepflegt, der mit seiner Frau im Hotel wohnte, ein gewisser Doktor Tennent.

»Damals habe ich ein Foto von ihm gemacht.«

Ich habe das am gleichen Abend noch überprüft. Da ich alle Fotos chronologisch in dem roten Heft der Marke Clairefontaine geordnet hatte, war es am Anfang der Liste vermerkt:

1. *Doktor Tennent und seine Frau. Jardin du Luxembourg. April 1938*

»Aber ich hatte noch kein Foto des Hotels … Sie können es Ihrer Liste hinzufügen …«

Er hat mir vorgeschlagen, ihn zum rechten Seineufer zu begleiten, wo er etwas zu erledigen hätte. Zuerst wollte er die Metro an der Station Raspail nehmen, aber nachdem er auf dem Plan festgestellt hatte, daß man bis Opéra zu oft umsteigen mußte, hat er beschlossen, ein Taxi dorthin zu nehmen.

*

Jansen hatte den Taxifahrer gebeten, am Boulevard des Italiens in Höhe des Café de la Paix zu halten, er hat mir die Terrasse des Cafés gezeigt und gesagt:

»Warten Sie dort auf mich … Ich brauche nicht lange …«

Er ging in Richtung Rue Auber. Ich bin ein wenig den Boulevard auf und ab gegangen. Ich war in dieses Café nicht zurückgekehrt, seitdem mein Vater mich an den Sonntagnachmittagen dorthin mitgenommen hatte. Aus Neugier habe ich nachgeschaut, ob es die automatische Waage am Eingang des Grand Hôtel, auf der wir an jenen Sonntagen unser Gewicht prüften, immer noch gab. Ja, sie stand noch am selben Platz. Und dann habe ich mir nicht verkneifen können, mich daraufzustellen, eine Münze in den Schlitz zu werfen und darauf zu warten, daß die rosa Karte herausfiel.

Es war eine wundersame Empfindung, ganz allein auf der Terrasse des Café de la Paix zu sitzen, inmitten all der Gäste, die sich um die Tische scharten. War es die Junisonne, der Verkehrslärm, waren es die Blätter der Bäume, deren Grün einen so frappierenden Kontrast zum Schwarz der Fassaden bildete, waren es die fremden Sprachen, die ich von den Nachbartischen vernahm? Ich schien mir selbst ein verirrter Tourist in einer mir fremden Stadt zu sein. Ich blickte unablässig auf die rosa Karte, als ob sie das letzte Objekt wäre, das Zeuge sein und mich meiner Identität vergewissern könne, aber die Karte verstärkte noch mein Unbehagen. Sie erinnerte an eine so weit zurückliegende Zeit meines Lebens, daß ich sie kaum mit der Gegenwart in Verbindung bringen konnte. Schließlich fragte ich mich, ob wirklich ich das Kind war, das mit seinem Vater hierhergekommen war. Eine Betäubung, ein Gedächtnisverlust befielen mich nach und nach, ähnlich jenem Schlaf an dem Tag, als ich von einem Lieferwagen angefahren worden war und man mir einen Ätherbausch aufs Gesicht gepreßt hatte. Im nächsten Augenblick würde ich nicht mehr wissen, wer ich war, und keiner der Fremden um mich herum würde mir Auskunft über mich geben können. Ich versuchte gegen die Betäubung anzukämpfen, die Augen auf die rosa Karte geheftet, auf der geschrieben stand, daß ich sechsundsiebzig Kilo wog.

Jemand hat mir auf die Schulter getippt. Ich habe den Kopf gehoben, aber die Sonne blendete mich.

»Sie sind ganz blaß.«

Ich sah Jansens Schattenriß. Er hat sich an den Tisch gesetzt, mir gegenüber.

»Das ist die Hitze«, stammelte ich, »ich glaube, ich hatte ein leichtes Unwohlsein ...«

Er hat ein Glas Milch für mich und einen Whisky für sich bestellt.

»Trinken Sie das«, hat er gesagt, »danach wird es besser gehen ...«

Langsam trank ich die eisgekühlte Milch. Ja, nach und nach nahm die Welt um mich herum wieder ihre Gestalt und ihre Farben an, so als ob ich ein Fernglas einstellte und der Blick hindurch immer klarer würde. Jansen sah mich wohlwollend an.

»Beunruhigen Sie sich nicht, mein Kleiner ... Auch mir ist es oft passiert, in ein schwarzes Loch zu fallen ...«

*

Eine Brise bewegte die Blätter der Bäume, und in ihrem kühlen Schatten gingen Jansen und ich die großen Boulevards entlang. Wir waren an der Place de la Concorde angekommen. Wir haben die Gärten der Champs-Élysées betreten. Jansen machte einige Fotos mit seiner Rolleiflex, aber ich bemerkte es kaum. Er warf einen flüchtigen

Blick in den Sucher in Höhe seiner Taille. Und doch wußte ich, jedes seiner Fotos war von äußerster Präzision. Eines Tages, als ich mich über diese vorgetäuschte Lässigkeit gewundert hatte, hatte er mir gesagt, »man muß die Dinge behutsam und still nehmen, sonst entziehen sie sich.«

Wir saßen auf einer Bank, und während wir miteinander sprachen, stand er von Zeit zu Zeit auf, drückte auf den Auslöser, wenn ein Hund vorbeikam oder ein Kind, ein Sonnenstrahl durch die Bäume fiel. Er hatte die Beine ausgestreckt und übereinandergeschlagen, hielt den Kopf gesenkt, als ob er schlummere.

Ich fragte ihn, was er fotografiere.

»Meine Schuhe.«

Über die Avenue Matignon haben wir den Faubourg Saint-Honoré erreicht. Er hat mir das Gebäude gezeigt, in dem die Agentur Magnum ihren Sitz hatte, und er wollte etwas mit mir trinken in dem benachbarten Café, in dem er einst mit Robert Capa verkehrte.

Wir setzten uns an einen Tisch an der hinteren Wand, und wieder bestellte er ein Glas Milch für mich und einen Whisky für sich.

»In diesem Café habe ich Colette kennengelernt«, sagte er plötzlich.

Ich wollte ihm Fragen stellen und über einige Fotos sprechen, die ich in dem roten Heft aufgelistet hatte:

Colette. 12, Hameau du Danube
Colette mit Sonnenschirm
Colette. Strandbad von Pamplona
Colette. Treppe der Rue des Cascades

Schließlich habe ich gesagt:

»Schade, daß ich Sie nicht alle zu jener Zeit gekannt habe …«

Er hat mich angelächelt.

»Aber da bekamen Sie noch das Fläschchen.«

Und er zeigte auf mein Glas Milch, das ich in der Hand hielt.

»Bleiben Sie einen Moment so … Bewegen Sie sich nicht …«

Er hat die Rolleiflex auf den Tisch gestellt und den Auslöser gedrückt. Ich habe das Foto neben mir liegen unter all denen, die er an jenem Nachmittag gemacht hat. Mein leicht angehobener Arm und meine Finger, die das Glas halten, zeichnen sich im Gegenlicht ab, und im Hintergrund erkennt man die geöffnete Tür des Cafés, dann den Bürgersteig und die Straße, die im Sommerlicht baden – das gleiche Licht, in dem wir in meiner Erinnerung spazierengehen, meine Mutter und ich, in Begleitung von Colette Laurent.

*

Nach dem Abendessen habe ich ihn zum Atelier begleitet. Wir haben einen langen Umweg gemacht. Er sprach mehr als gewöhnlich und stellte mir erstmals präzise Fragen zu meiner Zukunft. Die Umstände, in denen ich lebte, beunruhigten ihn. Er erinnerte an die Ungewißheit seiner Existenz in Paris, als er in meinem Alter war. Die Begegnung mit Robert Capa hatte ihn gerettet, sonst hätte er nicht den Mut gehabt, diesen Beruf zu ergreifen. Es war übrigens Capa gewesen, der ihm alles beigebracht hatte.

Mitternacht war schon vorüber, und wir plauderten noch auf einer Bank der Avenue du Maine. Ein Pointer lief allein den Bürgersteig entlang, ziemlich schnell, und er kam, um an uns zu schnüffeln. Er trug kein Halsband und schien Jansen zu kennen. Er folgte uns bis zur Rue Froidevaux, erst in einiger Entfernung, dann näherte er sich und lief neben uns her. Wir sind vor dem Atelier angekommen, und Jansen hat in seinen Taschen gewühlt, den Schlüssel aber nicht gefunden. Auf einmal schien er erschöpft zu sein. Ich glaube, er hatte zuviel getrunken. Ich habe ihm mit dem Schlüssel, den er mir anvertraut hatte, geöffnet.

Im Türrahmen hat er mir die Hand gedrückt und in einem feierlichen Ton gesagt:

»Danke für alles.«

Er schaute mich mit leicht vernebeltem Blick an. Er

hat die Tür geschlossen, bevor ich ihm sagen konnte, daß der Hund hinter ihm her ins Atelier gehuscht war.

*

Am folgenden Tag habe ich gegen elf Uhr im Atelier angerufen, aber er hat nicht abgenommen. Ich hatte das Zeichen, das zwischen Jansen und mir vereinbart war, gemacht: nach dreimal Klingeln auflegen und dann neu wählen. Ich habe beschlossen, ins Atelier zu gehen, um die restlichen Fotos aufzuräumen.

Wie immer habe ich die Tür mit meinem Schlüssel geöffnet. Die drei Koffer waren ebenso verschwunden wie das Foto von Colette Laurent und das von Jansen und Robert Capa, die an der Wand gehangen hatten. Auf dem niedrigen Tischchen ein Film zum Entwickeln. Ich habe ihn an jenem Nachmittag in ein Geschäft der Rue Delambre gebracht. Als ich einige Tage später dorthin zurückgekehrt bin, habe ich in der Tüte all die Fotos gefunden, die Jansen während unseres Spaziergangs durch Paris gemacht hat.

Ich wußte, daß ich von nun an nicht mehr auf ihn zu warten brauchte.

Ich habe die Schränke im Mezzanin durchstöbert, aber sie enthielten nichts mehr, nicht ein Kleidungsstück, nicht ein Paar Schuhe. Jemand hatte die Laken und die Decken fortgenommen, und die Matratze lag nackt da.

Kein Zigarettenstummel im Aschenbecher. Keine Gläser und keine Whiskyflaschen. Ich kam mir vor wie ein Kommissar, der das Atelier eines Manns inspiziert, der seit langem gesucht wird, und ich sagte mir, daß es sinnlos sei, denn es gab keinerlei Beweis dafür, daß der Mann hier gewohnt hat, nicht einmal einen Fingerabdruck.

Ich habe bis fünf Uhr gewartet, habe auf dem Canapé gesessen und das rote Heft und das Register durchgesehen. Augenscheinlich hatte Jansen ihre Doppel mitgenommen. Vielleicht würde Nicole klingeln, und ich müßte ihr sagen, daß wir von nun an vergeblich auf Jansen warten würden und daß ein Archäologe uns beide in ein paar Jahrhunderten mumifiziert auf dem Canapé finden würde. Die Rue Froidevaux wäre eine Ausgrabungsstätte. An der Ecke zum Friedhof von Montparnasse würde man den Mimen Gil entdecken, in eine Statue verwandelt, und man könnte sein Herz schlagen hören. Hinter ihm würde das Tonband ein Gedicht, das er mit seiner metallischen Stimme aufgenommen hatte, abspielen:

Dämonen und Wunder
Winde und Gezeiten …

Eine Frage kam mir plötzlich in den Sinn: Was war aus dem Pointer geworden, der uns gestern abend gefolgt und ins Atelier gehuscht war, ohne daß Jansen es bemerkt hatte? Hatte er ihn mitgenommen? Denke ich heute darüber nach, so frage ich mich, ob es nicht ganz einfach sein Hund war.

*

Später dann, als der Abend kam, bin ich ins Atelier zurückgekehrt. Ein letzter Sonnenfleck hielt sich auf dem Canapé. Zwischen den Mauern war die Hitze drückend. Ich habe die Fenstertür geöffnet und hörte das Rauschen der Bäume und die Schritte der Passanten. Ich wunderte mich, daß vom Denfert-Rochereau kein Verkehrslärm kam, so als ob das Gefühl von Abwesenheit und Leere, das Jansen zurückließ, sich in konzentrischen Kreisen ausbreitete und die Menschen Paris nach und nach verließen.

Ich habe mich gefragt, warum er mir seine Abfahrt nicht angekündigt hatte. Aber einige Zeichen deuteten schon auf ein bevorstehendes Verschwinden hin: das Foto, das er vom Hotel am Boulevard Raspail gemacht hatte, der Umweg über den Faubourg Saint-Honoré, um mir den Sitz der ehemaligen Agentur Magnum zu zeigen wie auch das Café, das er mit Robert Capa und Colette Laurent frequentiert hatte. Ja, er hatte in meiner Begleitung eine letzte Pilgerfahrt an die Orte seiner Jugend gemacht. Im Hintergrund des Ateliers stand die Tür zur Dunkelkammer offen. An jenem Nachmittag, als Jansen die Fotos von meiner Freundin und mir entwickelt hatte, leuchtete die kleine rote Glühbirne im Dunkeln. Er stand mit Gummihandschuhen vor dem Becken. Er hatte mir die Negative hingehalten. Als wir ins Atelier zurückgetreten waren, hatte mich das Sonnenlicht geblendet.

Ich war ihm nicht böse. Ja, ich verstand ihn sogar sehr gut … Ich hatte bei ihm gewisse Verhaltensweisen und einige Charakterzüge festgestellt, die mir vertraut waren. Er hatte mir gesagt: »Beunruhigen Sie sich nicht, mein Kleiner … Auch mir ist es oft passiert, in ein schwarzes Loch zu fallen…« Ich konnte die Zukunft nicht voraussagen, aber in dreißig Jahren, wenn ich Jansens Alter erreicht hätte, würde auch ich nicht mehr ans Telefon gehen, würde auch ich verschwinden, wie er, an einem Abend im Juni, in Begleitung eines schemenhaften Hundes.

Drei Jahre später, es war an einem Juniabend und seltsamerweise der Jahrestag seines Verschwindens, habe ich viel an Jansen gedacht. Nicht wegen des Jahrestags. Aber ein Verleger hatte mein erstes Buch angenommen, und ich trug in der Innentasche meines Sakkos einen Brief, der mir das ankündigte.

Ich habe mich daran erinnert, wie sich Jansen im Laufe des letzten Abends, den wir zusammen verbrachten, um meine Zukunft gesorgt hatte. Und heute hatte man mir die Zusicherung gegeben, daß mein Buch bald erscheinen würde. Ich war endlich aus dieser verschwommenen Phase der Ungewißheit heraus, während der ich vom Schleichhandel lebte. Ich hätte mir gewünscht, Jansen wäre bei mir, um meine Erleichterung zu teilen. Ich saß auf der Terrasse eines Cafés nahe der Rue Froidevaux, und einen kurzen Moment war ich versucht, am Atelier zu klingeln, so als ob Jansen noch da wäre.

Wie hätte er dieses erste Buch aufgenommen? Ich hatte die Losung zu schweigen nicht beherzigt, die er mir ausgegeben hatte an dem Tag, als wir über Literatur sprachen. Er hätte all das sicherlich zu geschwätzig gefunden.

In meinem Alter war er Autor von mehreren hundert Fotos gewesen, von denen einige den Band *Schnee und Sonne* bildeten.

Am Abend dann habe ich in *Schnee und Sonne* geblättert. Jansen hatte mir gesagt, daß er für den harmlosen Titel nicht verantwortlich sei, daß der Schweizer Verleger ihn einfach gewählt habe, ohne ihn zu fragen.

Je mehr Seiten ich umblätterte, um so klarer wurde mir, was Jansen mir hatte mitteilen wollen und wovon er mir so freundschaftlich unterstellt hatte, daß ich es mit Worten nicht heraufzubeschwören verstünde: die Stille. Die beiden ersten Fotos des Buchs trugen denselben Titel: *In Nummer 140*. Sie zeigten eine Gruppe von Gebäuden am Rande von Paris, zur Sommerzeit. Niemand im Hof, niemand am Treppenaufgang. Nicht eine Silhouette an den Fenstern. Jansen hatte mir erklärt, daß dort einer seiner Kameraden gleichen Alters gewohnt hatte, den er im Lager von Drancy kennengelernt hatte. Der hatte ihn, als das italienische Konsulat Jansen da heraus geholt hatte, gebeten, zu dieser Adresse zu gehen, um seinen Eltern und einer Freundin Nachricht von ihm zu geben. Jansen war zur »Nummer 140« gegangen, hatte aber keinen von denen, die sein Kamerad ihm genannt hatte, vorgefunden. Er war einige Monate nach der Befreiung, im Frühling 1945, dorthin zurückgekehrt. Vergeblich.

So hatte er in seiner Ratlosigkeit Fotos gemacht, damit wenigstens der Ort, an dem sein Kamerad und dessen Nächste gelebt hatten, auf einem Film festgehalten sei. Aber der Hof, der Vorgarten und die leeren Gebäude in der Sonne ließen ihre Abwesenheit noch unabänderlicher erscheinen.

Die folgenden Fotos des Bandes waren früher entstanden als die von »Nummer 140«, denn Jansen hatte sie gemacht, als er sich in die Savoyer Alpen geflüchtet hatte: weite Schneefelder, deren Weiß mit dem Blau des Himmels kontrastierte. An den Abhängen waren schwarze Punkte zu sehen, wohl Skifahrer, ein Telefonmast von der Größe eines Spielzeugs. Über allem die Sonne, die gleiche wie über der »Nummer 140«, eine gleichgültige Sonne. Durch diesen Schnee, durch diese Sonne schien eine Leere hindurch, eine Abwesenheit.

Gelegentlich hatte Jansen Pflanzen aus nächster Nähe abgebildet, ein Spinnennetz, Schneckengehäuse, Blumen, Grashalme, zwischen denen Ameisen hin- und herliefen. Man spürte, er stellte seinen Blick auf einen bestimmten Punkt ein, um nicht an etwas anderes denken zu müssen. Ich erinnerte mich an den Moment, als wir auf der Bank in den Jardins des Champs-Élysées saßen und er mit übereinandergeschlagenen Beinen seine Schuhe fotografierte.

Und wieder Berghänge von ewigem Weiß unter der Sonne, kleine verlassene Straßen und Plätze des französischen Südens, dazu einige Fotos, die immer den gleichen Titel trugen: *Paris im Juli* – der Monat Juli meiner Geburt, in dem die Stadt verlassen scheint. Jansen aber hatte, um gegen den Eindruck der Leere und des Verlassenseins anzukämpfen, einen ganz ländlichen Aspekt von Paris eingefangen: eine Baumreihe, ein Kanal, Pflastersteine im Schatten von Platanen, Innenhöfe, der Glockenturm von Saint-Germain de Charonne, die Treppe der Rue des Cascades ... Er war auf der Suche nach einer verlorenen Unschuld, nach Orten, die für das Glück und die Sorglosigkeit gedacht waren, wo man aber von nun an nicht mehr glücklich sein konnte.

Er meinte, ein Fotograf sei ein Nichts, er müsse verschmelzen mit dem Ort, mit dem Dekor, habe unsichtbar zu sein, um besser arbeiten zu können, und um das – wie er sagte – natürliche Licht einzufangen. Man sollte selbst das Klicken der Rolleiflex nicht hören. Er hätte am liebsten seinen Fotoapparat unsichtbar gemacht. Der Tod seines Freundes Robert Capa erklärte sich seiner Ansicht nach genau durch diesen Willen oder diesen Taumel, ein für allemal mit dem Dekor eins zu werden.

Gestern war Ostermontag. Ich ging den Teil des Boulevard Saint-Michel entlang, der von der ehemaligen Gare du Luxembourg nach Port-Royal führt. Eine Vielzahl von Spaziergängern drängte sich an den Toren zum Jardin du Luxembourg, aber da, wo ich ging, war kein Mensch. Eines Nachmittags hatte Jansen mir auf demselben Trottoir des Boulevard die Buchhandlung an der Ecke der kleinen Rue Royer-Collard gezeigt. Hier hatte er kurz vor dem Krieg eine Fotoausstellung des

Malers Wols gesehen. Er hatte seine Bekanntschaft gemacht und bewunderte ihn genauso wie Robert Capa. Er besuchte Wols in Cassis, wohin dieser sich zu Beginn der deutschen Besatzung geflüchtet hatte. Wols war es, der ihm beigebracht hatte, die eigenen Schuhe zu fotografieren.

Jansen hatte mich an jenem Nachmittag auf die Fassade der École des Mines aufmerksam gemacht, die in Augenhöhe die Spuren von Einschüssen trug. Eine gesprungene und an den Rändern leicht bröckelige Tafel gab an, daß ein gewisser Jean Monvallier Boulogne im Alter von zwanzig Jahren an dieser Stelle während der Befreiung von Paris getötet worden war.

Ich habe diesen Namen behalten wegen seines Klangs. Er rief mir eine Bootspartie im Bois de Boulogne in Erinnerung mit einem blonden Mädchen, ein Picknick auf dem Lande am Ufer eines Flusses in einer Talmulde, wo sich eben dieses blonde Mädchen und einige Freunde versammelten – all das ein haarscharf geschnittenes Bild an einem Augustnachmittag vor einer Hausmauer.

Aber an diesem Montag war die Tafel zu meiner großen Überraschung verschwunden, und ich bedauerte, daß Jansen an jenem Nachmittag, als wir zusammen an der gleichen Stelle waren, kein Foto dieser von Kugeln durchlöcherten Hauswand gemacht hat. Ich hätte es in die Liste eingetragen. Aber auf einmal war ich nicht mehr sicher, ob dieser Jean Monvallier Boulogne überhaupt existiert hat, und, im übrigen war ich keiner Sache mehr sicher.

Ich bahnte mir einen Weg durch den Strom der Menschen vor den Toren und betrat den Jardin du Luxembourg. Alle Bänke, alle Stühle waren besetzt, und in den Alleen herrschte großer Andrang. Die jungen Leute saßen so zahlreich auf den Balustraden und den Treppen, die zum zentralen Bassin führten, daß man in diesen Teil des Jardin nicht mehr gelangen konnte. Aber das hatte keine Bedeutung. Ich war glücklich, mich in der Menge verlieren zu können und, um einen Ausdruck Jansens zu benutzen, »mit dem Dekor zu verschmelzen«.

Es blieb genügend Platz – ungefähr zwanzig Zentimeter –, daß ich mich an das Ende einer Bank setzen konnte. Meine Nachbarn mußten nicht einmal rücken. Wir saßen unter Kastanienbäumen, die uns vor der Sonne schützten, ganz nah bei der weißen Marmorstatue Weledas. Eine Frau hinter mir plauderte mit einer Freundin, und ihre Worte hüllten mich ein: Es war die Rede von einer gewissen Suzanne, die mit einem gewissen Raymond verheiratet war. Raymond war der Freund von Robert und Robert der Bruder einer der Frauen. Zuerst versuchte ich, meine Aufmerksamkeit auf das, was sie sagten zu richten und einige Details aufzufangen, die mir als Bezugspunkte dienen könnten, damit das Los von Robert, Suzanne und Raymond nach und nach aus dem Dunkel träte. Wer weiß? Vielleicht hatte der Zufall, dessen unzählige Varianten uns immer verborgen bleiben werden, es gefügt, daß Suzanne, Robert oder Raymond Jansen einmal über den Weg gelaufen waren?

Ich wurde von einer Schläfrigkeit befallen. Wörter gelangten zu mir nur noch durch einen sonnengetränkten Dunst: Raymond ... Suzanne ... Livry-Gargan ... am Anfang stand ... Dorn im Auge ... Èze-sur-Mer nahe Nizza ... Die Kaserne der Feuerwehr am Boulevard Diderot ... Der Strom der Menschen in der Allee vertiefte den Dämmerzustand noch. Ich erinnerte mich an den Ausspruch Jansens: »Beunruhigen Sie sich nicht, mein Kleiner ... Auch mir ist es oft passiert, in ein schwarzes Loch zu fallen...« Aber das war jetzt nicht einmal mehr ein »schwarzes Loch«, wie das, das ich mit neunzehn Jahren auf der Terrasse des Café de la Paix erlebt hatte. Ich war fast erleichtert über diesen langsamen Verlust meiner Identität. Ich nahm noch einige Wörter wahr, die Stimmen der beiden Frauen wurden immer leiser, entfernten sich. La Ferté-Alais ... Schürzenjäger ... Er hat es ihm in Freundschaft zurückgegeben ... Karawane ... Reise um die Welt ...

Ich würde verschwinden in diesem Jardin, inmitten des österlichen Menschenauflaufs. Ich verlor das Gedächtnis, und ich verstand kaum noch Französisch, denn die Wörter meiner Nachbarn waren in meinen Ohren nur noch Schall. Die Mühen, die ich seit dreißig Jahren aufbrachte, um einen Beruf auszuüben, meinem Leben einen

Zusammenhang zu geben, eine Sprache bestmöglich zu sprechen und zu schreiben, damit ich meiner Nationalität ganz sicher sein könne, diese ganze Anspannung fiel plötzlich von mir ab. Es war zu Ende. Ich war nichts mehr. Gleich würde ich mich aus dem Jardin stehlen zu einer Metrostation, dann zu einem Bahnhof, einem Hafen. Wenn die Tore des Jardin schlössen, würde von mir nur noch der Trenchcoat, den ich trug, bleiben, zusammengerollt auf einer Bank.

Ich erinnere mich, daß Jansen in den letzten Tagen vor seinem Verschwinden zugleich abwesender und besorgter war als gewöhnlich. Ich sprach ihn an, und er antwortete nicht. Oder aber, er schreckte hoch, als hätte ich ihn aus tiefen Gedanken gerissen, und bat mich, zu wiederholen, was ich gerade gesagt hatte.

Eines Abends hatte ich ihn zu seinem Hotel am Boulevard Raspail begleitet, denn er übernachtete immer seltener im Atelier. Er machte mich darauf aufmerksam, daß dieses Hotel nur etwa hundert Meter von dem Ort entfernt war, wo er bei seiner Ankunft in Paris gewohnt hatte, und daß er fast dreißig Jahre gebraucht hatte, um diese kurze Distanz zu überwinden.

Sein Gesicht hatte sich verdunkelt, und ich fühlte, daß er mir etwas anvertrauen wollte. Endlich entschloß er sich zu reden, aber mit solch einer Scheu, daß seine Worte stockten, und man hätte glauben können, er sei kaum imstande, sich auf französisch auszudrücken. Nach allem, was ich verstand, hatte er sich zu den

Konsulaten Belgiens und Italiens begeben, um eine Abschrift seiner Geburtsurkunde und andere Dokumente zu bekommen, die er für seine bevorstehende Abreise brauchte. Eine Konfusion war entstanden. Aus seinem Geburtsort Antwerpen hatte man die Unterlagen eines anderen Francis Jansen zum italienischen Konsulat geschickt, und der war tot.

Ich vermute, daß er vom Atelier aus telefoniert hatte, um zusätzliche Auskünfte über seinen Namensvetter einzuholen, denn ich habe auf der Umschlagseite des Hefts, in dem ich die Fotos aufgelistet hatte, folgende Wörter in seiner fast unleserlichen Schrift hingekritzelt gefunden, auf italienisch, so als ob man es ihm diktiert hätte: »Jansen Francis, nato a Herenthals in Belgio il 25 aprile 1917. Arrestato a Roma. Detenuto a Roma, Fossoli campo. Deportato da Fossoli il 26 giugno 1944. Deceduto in luogo e data ignoti.«*

An diesem Abend waren wir an seinem Hotel vorbeigegangen in Richtung der Kreuzung Montparnasse. Er wußte nicht mehr, wer er war. Er hat mir gesagt, daß wir nach einer gewissen Anzahl von Jahren eine Wahrheit akzeptieren, die wir schon erahnt haben, die wir aber vor uns selbst aus Leichtsinn oder aus Feigheit

* Jansen, Francis, geboren am 25. April 1917 in Herenthals in Belgien. Festgenommen in Rom. Inhaftiert in Rom, Lager Fossoli. Deportiert von Fossoli am 26. Juni 1944. Gestorben, Ort und Datum unbekannt. (Anm. d. dt. Red.)

verborgen haben: Ein Bruder, ein Doppelgänger ist an unserer Statt gestorben, an einem unbekannten Ort und Tag, und sein Schatten vermischt sich am Ende mit uns.

LESEPROBE AUS:

KARINE TUIL

Die Gierigen

Roman

Aus dem Französischen
von Maja Ueberle-Pfaff

Gebunden mit Schutzumschlag
480 Seiten
ISBN 978-3-351-03378-1

Nicht durch ihre Freizügigkeit oder erotische Neugier eroberte ihn die Praktikantin in Prada-Stiefeln, sondern durch ihre gesellschaftliche Unverwundbarkeit – eine seltene Qualität, die es rechtfertigte, dass er auf alle anderen Frauen verzichtete und sich ganz auf sie konzentrierte. Endlich eine Frau, die fremde Blicke nicht fürchtete, die sich nie gekränkt oder erniedrigt fühlte, die nichts zu gewinnen und zu beweisen hatte. Konkurrenz? Welche Konkurrenz? Politik war ein Spiel, Geld ein Mittel zum Zweck, die gesellschaftliche Stellung eine Frage von Beziehungen und Chancen. Ruth war der Inbegriff von Zugehörigkeit und Erfolg. Ihr Klassenbewusstsein äußerte sich darin, dass sie bestimmte Dinge in ihrer Umgebung für selbstverständlich hielt. Sie reiste im Privatjet und fand das normal, sie aß mit Bill Clinton und Shimon Peres zu Abend und langweilte sich dabei. Vor einem ethischen Dilemma stand sie, wenn sie entscheiden musste, ob sie für eine Stiftung spenden sollte, die die Armut in Israel bekämpfte, oder lieber für eine, die sich der Hungernden in der Sahelzone annahm. Andererseits war sie durchaus kein verwöhntes, arrogantes, oberflächliches, vom Geld korrumpiertes Society-Girl, ihr war bewusst, wie privilegiert sie lebte, sie wusste, dass sie vom Glück begünstigt war, aber sie gehörte nun mal zum Club der Erbinnen. Sie stand über den anderen. Sie war von einer Aura, einem Glorienschein umgeben. Nie hatte ihr jemand das Gefühl vermittelt, sie sei nicht am richtigen Platz, denn sie wusste genau, wo ihr Platz war. Auf dem Podest. In der ersten Reihe. Im Vordergrund. Dabei musste sie weder posieren noch sich anstrengen, sie war *von Natur aus so.* Wenn sie das Wort an einen richtete, fühlte man sich auserwählt. Sie betrat einen Raum, und jeder wusste, dass sie wichtig war. Wieso? Weil sie selbst es wusste. Ihr Vater hatte es ihr gesagt, er hatte es ihr immer wieder eingeschärft. Ihre Angehörigen hatten es ihr beigebracht. Die Verkäuferinnen in den Boutiquen, in denen sie einkaufte, hatten es sie spüren lassen. Wenn sie jemanden anrief, wurde sie noch am selben Tag zurückgerufen. Wenn sie sich zum Mittagessen verabreden wollte, bestimmte sie Tag, Ort und Uhrzeit. Es wäre niemandem eingefallen, ihr einen Korb zu geben. Man ließ sie NIEMALS warten. Sie kannte die Bequemlichkeiten, die eine hohe gesellschaftliche Stellung mit sich brachte. Gleichzeitig war sie frei von Überheblichkeit, von Herablassung. Sie war die Erste, die die Angestellten ihres Vaters grüßte: Guten Tag, Auf Wiedersehen. Wie geht es Ihnen? Haben Sie gute Nachrichten von Ihren Verwandten? Alles in Ordnung? Ihre Fragen klangen aufrichtig, es war für sie eine Ehrensache, den Kontakt zu den Menschen nicht zu verlieren, aber sie wahrte eine Distanz, die einen *Unterschied* erkennen ließ. Die Leute waren ihr sympathisch, sie respektierte sie, aber sie gehörten nicht zu ihrer Welt. Ihre Welt bestand aus ein paar hundert Metern Fifth Avenue und den Präsidentensuiten der schönsten

Nobelhotels, ihre Welt war eine Oase des Luxus und der Sorglosigkeit, unter der sich ein Reich der Finsternis verbarg. Ihre Welt war die der Erneuerung, des Aufschwungs, die Fassade war vergoldet, aber das Haus auf Asche gebaut: Der Vater hatte das Unternehmen auf Verlangen des Großvaters, eines Auschwitz-Überlebenden, gegründet und zum Erfolg geführt. Dieser Großvater unterhielt sich bereitwillig über Politik und Ökologie, brachte ihnen anstandslos Bridge bei, rückte widerstrebend sein Rezept für gehackte Leber heraus, erzählte stundenlang von Hiob und der Erschaffung der Welt, konnte genau erläutern, warum Isaak Jakob lieber hatte als Esau, nahm jedes Jahr am Bibel-Wettbewerb teil, analysierte Wortbedeutungen, doch warum er eine Nummer auf dem Unterarm trug, hätte er nie laut ausgesprochen. Ruhe – und *cut!*

Deshalb erzählte Ruth bei den ersten Dates mit Tahar von den Büchern, die sie zuletzt gelesen hatte, von ihren Ferien mit Papa in der Toskana, auf der Yacht von Steven Spielberg, von der Schönheit der Strände auf Martha's Vineyard, wo sie einmal John Kennedy junior über den Weg gelaufen war. Sie war die Tochter eines Mannes, der über seinem inneren Friedhof einen Freizeitpark errichtet hatte. Diese Tochter besaß genug, womit sie Tahar beeindrucken konnte: eines der erlesensten Adressbücher von New York. Gesellschaftliches Ansehen. Das war ihm wichtig. Das zählte für ihn. Ihm fehlte noch die Erfahrung, geschätzt zu werden, berühmt zu sein.

Schließlich hatte Rahm Berg ihm dann doch nicht den Kopf abgerissen. Ganz im Gegenteil, er hatte ihm sogar seine Tochter plus ein 300-Quadratmeter-Penthouse mit Blick auf den Central Park überlassen, das von einem der renommiertesten Immobilienbüros der Ostküste auf 17 Millionen Dollar geschätzt worden war. Tahar hätte ablehnen können, aber so weit ging sein Stolz nun doch nicht. Das Geschenk bestärkte ihn in seinem Glauben, etwas Besonderes zu sein. Kurz gesagt, es war eine Mitgift. Und was für eine! Fünf Schlafzimmer, sechs Badezimmer, eine 70 Quadratmeter große Terrasse mit einer separaten Fläche zur Sondernutzung, auf der Rahm Berg einen Jacuzzi hatte installieren lassen. Seiner Tochter sollte es gutgehen. Sie sollte glücklich sein – und das Glück bestand darin, in einem lichtdurchfluteten Zimmer aufzuwachen, das Frühstück mit Blick auf New York einzunehmen, in der *New York Times* zu blättern und den eigenen Namen zu lesen. »Meine Tochter ist eine Prinzessin«, hatte Berg gesagt. Er hatte dabei gelacht, aber er hatte es gesagt. Auch Samir nannte sie so: *»My Jewish Princess«* – meine jüdische Prinzessin. Am Eingang zur Wohnung und an sämtlichen Türrahmen hatten Vater und Großvater, die Kippa und einen großen schwarzen Hut auf dem Kopf, gläserne Mesusot befestigt. Alles in allem zwanzig Schriftkapseln. Zwanzig kleine Behälter mit hebräischen Thoratexten, in denen der Allmächtige gebeten wird, den Hausstand zu beschützen. Das war ein wichtiges Ritual. Berg hatte keine Tür vergessen. Aber eigentlich hätte er eine Schriftkapsel auf den Kopf seiner Tochter legen müssen, um *sie* zu beschützen.

Eine Tochter, ein Haus und ein jüdisches Leben – das hatte Ruths Vater ihm geschenkt. Gut, es war nicht leicht gewesen, er hatte sich ins Zeug legen und bei dem Patriarchen seine Sache überzeugend vertreten müssen, aber schließlich war das Herumkriegen ja sein Beruf. Er hatte sich bei Ruths Mutter, einer großen, unglaublich redseligen Blondine, einschmeicheln müssen. Sie war eine hundertfünfzigprozentige Hausfrau und Mutter, aber auch eine Dermatologin, die auf den ersten Blick ein bösartiges Melanom erkannte, eine unvergleichliche Köchin, die zu den Chanukka-Abenden bis zu 120 Krapfen buk, und eine hervorragende Sportlerin und Marathonläuferin – ihre Tochter schlug ihr offensichtlich nach. Eine starke Frau also, die allem Anschein nach ganz in ihrer Sorge um Heim und Familie aufging.

Du bist ein guter Sohn und, wie ich hoffe, EIN GUTER MUSLIM.

Warum ging ihm dieser Satz ständig durch den Kopf, während er zwischen den Geburtstagsgästen immer weiter in den Saal hineinging? Warum gerade jetzt? Es war doch sein Geburtstag, der gefeiert wurde, und nicht irgendein jüdisches Fest. Man würde ihn nicht mit Klezmer-Musik begrüßen oder ihn auf einen Stuhl setzen und unter »Maseltov!«-Rufen durch die Luft schwenken. Er musste heute keine Gedanken an das Judentum verschwenden. *Das Judentum ist nur ein Detail meines Lebens.* Warum verfolgte ihn der Satz seiner Mutter? Warum war ihm plötzlich so heiß? Er schwitzte, sein Hemd war nass (und es war nicht irgendein beliebiges Hemd, es hatte über 300 Dollar gekostet und bestand aus dem besten, luftigsten, feinsten Stoff, den man sich denken konnte, aber jetzt war es so durchweicht, dass es an seiner Haut klebte, und er hatte plötzlich seinen Vater vor Augen, der von der Arbeit nach Hause kam und auf dessen billigem Hemd sich unter den Achseln zwei Flecke mit gelblichen Rändern abzeichneten, von denen ein so starker Schweißgeruch ausging, dass jedes Zimmer, das er betrat, danach roch – ein Geruch, den er unweigerlich mit Armut assoziierte). Tahar schwitzte wie ein Marathonläufer. Das war die Angst. Er wusste – und hatte es im Grunde vom ersten Tag an gewusst –, dass das Judentum kein Detail war, sondern *sein ganzes Leben.* Man hielt ihn für einen Juden. Seine Partner waren Juden, seine Frau war Jüdin, und auch seine Kinder mussten zwangsläufig Juden werden. Die meisten seiner Freunde waren Juden. Seine Schwiegereltern waren nicht einfach nur Juden, sondern praktizierende, orthodoxe Juden. Die von Freitagabend, wenn die Sonne unterging, bis Samstagabend bei Einbruch der Dunkelheit nicht arbeiteten. Die, wenn sie etwas zu entscheiden oder bedenken hatten, Rabbiner konsultierten wie andere Leute Wahrsager. Die mindestens 400 der 613 Gebote befolgten. Die häufig nach Israel reisten, in Jerusalem an der Klagemauer beteten und Wünsche auf Zettelchen schrieben, die sie in eine der glühend heißen Mauerspalten steckten. Ein einziges Mal hatte er seinen Schwiegervater begleitet (ein Jahr nach seiner ersten Begegnung mit Ruth, sie waren noch nicht verheiratet, nicht einmal verlobt, es war eine Initiationsreise – und ein Härtetest, denn am israelischen Zoll war ihm vor lauter Angst, in Anwesenheit von Ruth und ihrem Vater enttarnt zu werden, der Schweiß aus allen Poren gebrochen, er hatte sich quasi verflüssigt), und bei diesem einen und einzigen Mal war es ihm gelungen, das Zettelchen an sich zu bringen, das Berg in die Mauerritze gesteckt hatte. Er hatte es heimlich auseinandergefaltet und gelesen:

»O Herr, Ewiger, mein Gott, König der Welt, ich bitte Dich:

Wunsch Nummer 1: Beschütze meine Familie, gewähre ihr gute Gesundheit.

Wunsch Nummer 2: Hilf mir zu bewahren, was ich erworben habe.

Wunsch Nummer 3: Möge sich meine Tochter von Sam TAHAR trennen.«

Berg hatte drei Wünsche geäußert, drei Wünsche, von denen er ziemlich sicher sein konnte, dass sie in Erfüllung gehen würden, denn er war stark im Glauben, er glaubte wirklich, er war ein Mystiker. Er hatte nur ein winziges Papierfetzchen und wenige Minuten, um seine Wünsche zu formulieren, er musste sich kurzfassen, präzise sein, und alles, um das er seinen Gott bat, war, dass sich seine Tochter von »Sam TAHAR« trennen möge. Er schrieb nicht: »Herr, heile meine Mutter« (die zu jener Zeit an metastasierendem Leberkrebs litt) oder »Herr, schenke meiner kleinen Schwester ein gesundes Kind« (denn sie war im dritten Monat schwanger, und ein Bluttest hatte ergeben, dass eine Fruchtwasseruntersuchung sinnvoll wäre), nein, vor dem sonnengebleichten Stein, vor einer der überwältigendsten Landschaften der Welt, deren atemberaubende Schönheit die Menschen zu Tränen rührt und existentielle Fragen aufwirft, dachte er an Tahar, und er dachte nichts Gutes. Er wünschte sich, dass er aus dem Leben seiner Tochter verschwände, dass er das Feld räumte. Was wusste er denn über diesen Kerl? Nichts – oder jedenfalls nicht viel. Natürlich hatte er der Heirat seiner Tochter nicht ohne weiteres zugestimmt, er hatte Dokumente verlangt. Tahar hatte behauptet, er besäße die Heiratsurkunde seiner Eltern nicht: »Sie müssen sie verloren haben, und das betreffende Konsistorium ist abgebrannt.« Er habe keine Angehörigen mehr.